이를테면
에필로그의
방식으로

송지현 소설집

이를테면 에필로그의 방식으로

초판 1쇄 2019년 6월 26일
초판 2쇄 2019년 7월 29일

지은이 송지현
펴낸이 이광호
주간 이근혜
편집 박선우 이민희 조은혜 김필균
펴낸곳 ㈜**문학과지성사**
등록번호 제1993-000098호
주소 04034 서울 마포구 잔다리로7길 18(서교동 377-20)
전화 02) 338-7224
팩스 02) 323-4180(편집) / 02) 338-7221(영업)
전자우편 moonji@moonji.com
홈페이지 www.moonji.com

ⓒ송지현, 2019. Printed in Seoul, Korea

ISBN 978-89-320-3547-5 03810

이 책은 서울문화재단 '2016년 첫 책 발간지원사업'의 지원을 받아 발간되었습니다.

이 도서의 국립중앙도서관 출판예정도서목록(CIP)은 서지정보유통지원시스템 홈페이지
(http://seoji.nl.go.kr)와 국가자료공동목록시스템(http://www.nl.go.kr/kolisnet)에서
이용하실 수 있습니다. (CIP제어번호: CIP2019023788)

이를테면
에필로그의
방식으로

송지현 소설집

문학과지성사

차례

선인장이

자라는

일요일들

언니가 집 안에 있는 모든 약을 먹은 건, 여름이 끝날 무렵이었다. 방에 암막 커튼을 치고 틀어박힌 지 한 달 만의 일이었다. 동굴 같은 방에선 방학 내내 기괴한 음악만 흘러나왔다. 저러다 사람 돼서 나오겠지. 엄마의 말이었다.

아빠는 세탁소를 닫고 3박 4일간의 낚시 여행을 떠났고, 엄마와 나는 창가에서 따끈하게 등을 데우며 텔레비전을 보고 있었다. 왕년에 예뻤다던 연예인을 보고 엄마가 말했다. 얼굴이 노리끼리해. 그때 방에서 언니가 나왔다. 그래, 꼭 재처럼. 엄마의 말이 끝나기도 전에 언니는 토했다.

*

병원까지는 걸어가기로 했다. 택시를 타기에 애매한 거리였기 때문이다. 엄마는 언니를 업고 반 층을 내려가더니 작은 목소리로, 벌써 손이 저려,라고 했다. 그 말에 발이 질질 끌린 채 불편하게 업혀 있던 언니가 엄마 등에서 내려왔다.

우리는 공원을 가로질렀다. 위로 치켜올린 선글라스를 쓴 아저씨가 광택이 흐르는 쫄쫄이 옷을 입고 조깅을 하고 있었다. 어떤 연인들은 2인승 자전거를 타고 우리 사이를 지나갔다. 그러자 언니가 믿을 수 없을 정도로 잽싸게 몸을 피했다. 연인들은 죄송하다고 외쳤다. 공기가 조금 더운 것을 제외하면 매우 평화롭고 정적인 일요일 오후, 응급실은 한산했다.

경보음도, 들것도, 소리 지르는 의사도 없었다. 손에 붕대를 감은 사람이 보호자로 보이는 사람과 이야기를 나누며 웃었다. 엄마가 접수를 하는 동안 앳된 간호사가 바퀴 달린 침대를 밀며,

누가 환자예요?

라고 물었고 나는 언니를 가리켰다. 간호사는 언니를 침대에 눕게 했다. 침대가 높은 탓에 언니는 다리 한쪽을 걸치고 약간은 우스운 포즈로 기어올랐다. 낮추는 걸 깜빡했네요. 간호

사의 말이었다.

간호사는 유난히 손을 떨었고, 여러 번의 시도 끝에야 링거 바늘 꽂는 것에 성공했다. 그 순간 나는 환호성을 지를 뻔했지만, 간호사에게 조용히 응원의 눈길을 보내는 것으로 대신했다. 링거를 꽂은 채로 언니는 위세척을 받았다. 그동안 의사가 엄마에게 몇 가지를 질문했다. 임신 가능성이 있는지, 학업 스트레스가 심한지, 따돌림을 당하는지, 자해 경험이 있는지 등이었고, 엄마는 질문마다 아니라고 답했다.

애는 그냥 사춘기라고요.

엄마의 말에 호스를 코에 꽂고 있던 언니가 급히 왼손을 들었다.

있어요…… 자해한 적.

코맹맹이 소리가 났다.

간호사는 언니의 팔목에 불빛을 비추며 어디쯤이지,라고 중얼댔다. 그냥 살이 튼 것 같은데,라고 말하기도 했다. 간호사의 말에 엄마가 언니의 팔을 그녀의 눈앞에 갖다 댔다.

어딘지 네가 찾아봐라.

언니는 잠시 눈을 굴려 팔목을 이리저리 보더니 기어들어가는 목소리로 말했다.

……이젠 아물었나 봐요.

나도 옆에서 기웃거리며 언니의 팔목을 살폈지만, 약간 통통할 뿐 상처는 보이지 않았다. 어쨌든 언니는 우울증 진단을 받았고, 약은 절대 안 된다는 엄마의 말에 청소년 상담을 받기로 했다.

밖으로 나왔을 때는 벌써 어두워져 있었다. 우리는 다시 공원을 가로질러 집으로 돌아왔다. 엄마의 연락을 받은 아빠가 돌아와 북엇국을 끓이고 있었다.

*

언니가 자살 기도를 했어.

통통하게 부푼 비스킷의 가장자리를 뜯으며 내가 말했다. J가 눈을 똥그랗게 떴다.

앰뷸런스 탔어?

가까워서 그냥 걸었어.

그럴 줄 알았다는 듯 J가 성의 없이 고개를 끄덕였다. 벌써 흥미가 사라진 눈치였다.

브라운 베이커리는 오늘도 북적이고 있었다. 인테리어 따위엔 관심이 없는지 몇 개의 진열장이 다였고, 벽은 기름 자국으로 누런 곳이었지만, 학생들은 항상 많았다. 교복을 입은 여학생들이 분식집은 졸업했다는 듯 이곳으로 몰려들었다. 확실히 빵이라는 것은 분식과 달리, 교복에 뭘 묻히지 않고 우아하게 먹을 수 있는 메뉴였다.

J와 나는 이곳에서 매일 비스킷을 사 먹었다.

처음 이곳에 왔을 때 J는,

브라운이라, 매우 평범한 이름이군.

이라고 말했다. 학생 중 한 명은 이제는 잘 볼 수 없는 제과 체인점, '크라운 베이커리'를 따라 한 이름일 거라고 추측했다. 하지만 브라운 베이커리의 빵들은 체인점을 낸 베이커리의 것보다 맛있었다. 그 맛은 체인점에서는 따라할 수 없는 독보적인 것이었다. 심지어 이 비스킷이라는 메뉴가 다른 베이커리에도 있는지 의문이었다.

비스킷의 마지막 조각을 입에 털어 넣을 때 J가 심드렁하게 말했다.

이 동네 재개발된대. 너희 세탁소 건물도 민다더라.

언제?

글쎄,라며 J가 덧붙였다.

건물이 무너질 때 같이 구경하러 오자.

*

　세탁소가 운영된 기간은 언니의 나이와 같았다. 심지어 언니의 이름을 딴 '은혜세탁소'라는 간판을 달고 있었다. '은혜'는 언니가 싫어하는 이름이자 단어였다. 언니가 싫어하는 건 그 외에도 많았는데, 교복, 최신 가요, 인기 방영 드라마, 비스킷 등이었다. 그것들은 대부분의 사람이 즐기는 것이었으며, 언니가 말하는 '평범한 것'에 속했다.

　그리고 그런 '평범한 것'들은 대개 내가 좋아하는 것이었다.

　나는 최신 가요 백 곡을 들었고, 어떻게 하면 교복을 예쁘게 줄일까 고민했으며, 놓친 드라마는 다운을 받아서라도 챙겨 보았다. 게다가 나는 비스킷을 먹을 생각으로 하루하루를 살아간다 해도 과언이 아니었다. 5백 원을 구하기 위해 엄마의 화장대와 저금통을 뒤졌고, 아무것도 발견하지 못한 날엔 세탁소의 동전 통에서 슬쩍하기도 했다. 5백 원은 적당한 금액이었다. 사라진다고 해서 티가 나지 않았고, 티가 나더라도 딱히 신경 쓰일 만한 액수는 아니었다. 나는 의식을 치르듯 어떻게든 비스킷을 사 먹게 되었다.

　언니는 '평범한 것'을 피해 소수의 취향을 선택했지만, 어쩐지 자신은 늘 '평범하다'는 말을 들었다. 언니의 인상은, 학

14

교를 배경으로 한 드라마 속 주인공의 뒷줄 옆자리에 위치하여, 어느 화부턴가 나오지 않지만 아무도 그 사실을 모르는 엑스트라 정도로 흐린 편이었다. 한번은 언니가 무단 조퇴를 하고 집에 온 적이 있었다. 다음 날 야단을 각오하고 등교한 언니에게 담임선생님은 아무 말도 하지 않았다. 출석부는 병결로 처리되어 있었다고 했다. 어른들은 언니에게 맏며느리감이라고 칭찬했지만 만날 때마다 이름을 물었고, 선생님들은 생활기록부에 가장 무난한 단어들을 적었다.

언니는 국적 불명의 음울하고 시끄러운 음악을 좋아했다. 하지만 그 취향에 관심을 가지는 사람은 없었는데, 같은 반 학생이 언니의 이어폰을 뺏어 듣다가, "넌 늘 영어 회화 같은 걸 듣고 있는 줄 알았어"라고 말한 것이 다였다. 언니는, 언니가 싫어하는 가요와 드라마 같았다. 그러니까, 노랫말이나 내용이 비슷비슷하고 예측 가능했으며 딱히 특별할 게 없었다는 뜻이다.

*

병원에 다녀온 뒤, 아빠는 하루에 한 번씩 우리를 안아줬다. 술에 취할 때면 제철도 아닌 과일을 사 왔다. 그러고는 자고 있는 우리를 깨워서 깎은 과일을 손수 입에 넣어줬다. 당도 높은 과일 때문에 충치가 생길 것만 같았다.

아빠는 긍정적인 사고를 해야 한다며 언니에게 책도 선물했다. 책들의 제목은 대체로 '할 수 있다!'의 뉘앙스를 품고 있었다. 몇 개만 나열해보자면 『마인드 컨트롤』『운명은 바꿀 수 있다』『십대에 꼭 해야 할 일』『샐리의 성공 비결』등이었다. 아빠는 언니 방에 있는 『쇼펜하우어 인생론』『인간 실격』같은 책들을 빼놓고 그것들을 꽂아놓았다. 당연히 언니는 거들떠보지도 않았고, 급하게 독후감을 쓸 일이 있을 때만 내가 읽었다. 비슷비슷한 내용들이라 독후감 쓰기는 쉬웠다.

엄마도 이런 책들을 즐겨 읽었는데, 그중 어딘가에 햇빛을 자주 쬐는 것이 우울증 예방과 성장 발육에 도움이 된다는 부분이 있었던 것 같다. 그래서 날이 맑을 때면 언니와 나를 옥상으로 올려 보냈다. 30분을 채워야지만 내려갈 수 있었다.

가끔은 빨래를 들고 올라가 널게도 했다. 나는 빨래를 만질 때의 축축한 느낌과 섬유유연제 냄새를 좋아했다. 하지만 언니는 단 한 번도 빨래에 손을 댄 적이 없고, 오히려 자신이 빨래가 된 듯 의자에 널려 움직이지 않았다.

30분은 길었다. 옥상에 올라갈 때면 나는 J와 쉴 새 없이 메시지를 주고받았다. 어떤 날은 언니가 중얼중얼 말을 하기도 했다.

한국에 은혜란 이름이 얼마나 많은 줄 아냐.

몰라.

기독교인의 40퍼센트 정도가 딸에게 은혜라는 이름을 지어.

……

한참 침묵한 뒤에 이런 얘기를 하기도 했다.

너, 쇼펜하우어 아니.

뭔데 그게.

사람이야. 그 사람은 이 세상이 지옥이라고 했어.

언니는 처절한 고통을 겪고 온 사람의 표정을 지었다. 그러고는 얼굴을 찡그리며 웃었다. 꼭 슬픈 표정을 수없이 연기한 배우 같았다.

근데, 그 사람 자살 안 했다.

언니는 그 말을 끝으로 고개를 돌려 다른 곳을 바라보았다. 언니의 시선을 따라가니 빨래가 휘날리는 게 보였다. 빨래가 휘날리는 풍경은 어느 건물이든 비슷했다. 나는 언니의 슬픔에 공감할 수가 없어서 그냥, 고개를 끄덕였다.

언니는 열심히 청소년 상담을 받으러 다녔다. 가끔 상담실에서 언니가 작성해 온 종이를 보면 '우울하다'거나 '죽고 싶다'는 말이 너무 적나라하게 씌어져 있었다. 상담 선생님은 엄마에게, 언니는 심한 우울증이 아니므로 시간이 지나면 괜찮아질 거라고 했다. 나는 우울증 진단을 받으려면 '우울함'이란 단어를 사용하지 않고 '우울함'을 표현해야 할 것이라고 생각했다.

어쨌든 이런 상황 속에서도 언니는 여전히 맏며느리감 같았고 사람들은 자주 언니의 이름을 잊었으며…… 평범했다. 바뀐 것이라면 기미가 늘었다는 정도였다.

정수리가 뜨거웠다.

*

하루쯤 걸러보는 건 어떨까?

아이돌이 나온 잡지를 뒤적이며 J가 말했다. 나는 만화책을 보다 말고 J를 쳐다봤다.

비스킷 말이야. 예를 들어 분식이나, 팥빙수라든가.

하굣길에 분식집에 들르는 J와 나를 상상하다 곧 고개를 저었다. 하굣길의 분식집만큼 정신없이 붐비는 곳은 없었다. 그곳에 앉아 떡볶이나 팥빙수를 먹는 건, 상대의 이야기가 듣기 싫을 때나 노이로제에 걸리고 싶을 때뿐일 거다. 게다가 5백 원으로 살 수 있는 것은 비스킷이 유일했다.

그래도 우린 결국 먹게 될 거야.

J가 고개를 끄덕였다. 그러고는 보던 잡지의 아무 장을 찢어 책상 위에 올려놓았다.

그건 왜?

그냥, 제일 반짝거리는 장을 찢었어.

나는 보고 있던 만화책에 다시 집중했다. 주인공은 세계 최고의 적과 대치 중이었다. 주인공이 이기리라는 건 당연했고, 최고의 적은 세계 어디에나 있었다. 몇 장 넘기니 주인공은 피를 뿜었지만 적의 약점을 쉽게 파악했다. 다시 한 장을 넘기니 의성어가 한 페이지를 가득 채우고 있었고, 주인공의 공력이 폭발했다. 나는 책을 덮었다. 그제야 매미가 시끄럽게 울고 있다는 걸 깨달았다.

*

배드민턴은 J와 내가 자주 하는 운동이었다. 재미있어서 한다기보다, 할 때가 됐다 싶으면 했다. 그러니까 그건 비스킷과 같은 거였다. J와 나는 매우 기계적으로, 최소한의 움직임으로 공을 주고받았다. 공이 튕기는 소리는 메트로놈처럼 정확했다. 내가 통, 하고 공을 날려 보내는 시간과 J가 다시 통,

하고 내게 공을 날려 보내는 시간이 거의 같았다는 말이다.

나는 평소에도 배드민턴을 하는 중에 다른 생각을 하는 일이 많았고, 이번에는 언니에 대해 생각하고 있었다. 언니가 자살을 기도한 이유에 대해. 가정사나 학교생활이나 다 특별할 게 없잖아,라는 물음을 던지면서.

그 순간 J가 말했다. 물론 한 치의 흐트러짐도 없는 자세였다.

사람들은 착각을 하고 있어.

나는 묵묵히 다시 공을 날려 보냈다. J의 뒤쪽으로 쫄쫄이 바지를 입은 아저씨가 뛰어 지나갔다. 저번에 본 그 아저씬가 했지만, 워낙 빨라서 자세히 볼 수 없었다.

사실 불행해지는 것도 행복해지는 것만큼 어려운 거거든.

나는 정확하게 셔틀콕을 날리면서도 심상찮은 통찰을 내비치는 J에게 감탄했다. 그러다가 그만 날아오는 것을 받지 못했다.

그건 우리가 분식집에 가거나 팥빙수를 먹는 것만큼 드문 일이지.

그러니까 확률로 따지자면,

하고 나는 재빨리 덧붙였다.

로또나 희귀 불치병과 비슷비슷하다는 거지?

J가 라켓을 흔들었다. 셔틀콕은 J의 손에 쥐여 있었다. 애초에 서브를 넣지 않았던 것일까. 조금 혼란스러웠다.

네 언니는 혹시 이런 이유로 자살 기도를 한 게 아닐까. 만약 그렇다면,

하고 J가 내 어깨에 손을 얹었다.

네가 언니를 죽여줘.

*

그날 밤, 나는 세탁소가 닫을 때까지 세탁기에서 돌고 있는 빨래를 바라보았다. 그것들은 축축했고, 뒤엉켜 있었고, 세탁기 안에서 영원히 돌 것만 같았다.

*

언니가 동굴 같은 방에 웅크리고, 부모님은 세탁연합회 모임에 나간 밤. 나는 하릴없이 채널을 돌리다 존 브라운이라는 가수의 다큐멘터리를 보게 되었다. 인터뷰 중 일부를 편집한 화면에서 브라운은 이렇게 말했다.

"나에게 불행한 어린 시절을 살게 한 부모님께 감사합니

다. 그것은 내 음악의 원동력이며 훈장과도 같습니다."

퍼펙트마그넷의 보컬 존 브라운은 1957년에 태어났다. 부모는 사이비 교단의 광신도였다. 그 교단은 공교육을 포함한 모든 기성품의 사용을 금지했다. 산업 공장에서 만든 장난감을 가지고 놀 수 없었던 그는 어릴 때부터 기타를 장난감 삼아 놀았다고 한다. 당연히 그 기타는 공장에서 만들어진 것이 아니라, 신도 중 한 명이 직접 제작한 것이었다.

브라운이 열여덟 살이 되던 해, 그의 부모님은 교단의 음모로 살해당했다. 그는 교단의 행태를 추적하던 정부 기관의 도움을 받아 가까스로 그곳에서 탈출했고, 숙식이 제공되는 클럽의 청소부로 일했다.

여느 때와 같이 클럽을 청소하던 그는, 새로 오디션을 보러 온 밴드의 형편없는 연주를 듣고 분개했고—이렇게 평범한 연주라니!—그 자리에서 사람들이 깜짝 놀랄 만한 연주와 노래를 선보였다. 클럽 사장은 사람이 제일 많은 토요일 저녁에 그가 연주할 수 있도록 했다. 그때 브라운은 열아홉 살이었고 그 지역 청년들은 토요일 저녁이면 그의 연주를 들으러 클럽 앞에 줄을 길게 섰다.

밴드를 결성한 브라운은 전미 투어를 시작했다. 사운드는 더욱 풍성해졌고, 예측 불가능했다. 그 새로운 코드 진행과 스케일에 평론가들은 환호했다. 투어 버스에는 수많은 그루 피가 탔고 다양한 종류의 마약이 실렸다. 다큐멘터리에서는 그의 음악과 함께 그 시절 브라운의 인터뷰 장면을 편집해서 보여줬는데, 눈 밑이 핑크빛으로 물들어 있는 걸 확인할 수 있었다.

투어 기간 동안 브라운은 두 번의 자살 기도와 수십 번의 자해를 했다. 공연 중간 웃옷을 벗어 던진 그의 상체에는 면 도칼로 그은 듯한 상처가 가득했고, 관객들은 흥분했다. 남녀 를 불문하고 실신하는 관객들이 많아서 공연장 밖에는 앰뷸 런스가 항시 대기하고 있었다.

나는 이때 브라운 베이커리를 생각했다. 베이커리 앞에 와 글대는 아이들. 그 애들의 명찰에 찍혀 났던 생채기들. 소매 사이로 슬쩍 문신이 보이던 주인아저씨. 파스스 떨어지던 비 스킷 가루들.

불현듯, 가게 안에 걸려 있던 포스터도 떠올랐다. 아마 기 타를 들고 있던 것 같은데. 그러자 브라운 베이커리의 브라운 은 아마 '존 브라운'의 그것이 아닐까, 하는 생각이 퍼뜩 들 었다. 가게 안의 포스터를 빨리 확인하고 싶었지만 이미 문이 닫혔을 시간이었다. 나는 반죽으로 얼룩진 캄캄한 베이커리 벽에 붙어 있을 존 브라운을 상상했다.

*

　모레 언니를 죽일 거야.

　어떻게?

　아직 그것까진. 어떤 책에서 봤는데 바늘을 갈아서 먹이면,
그 바늘이 혈관을 타고 다니다가 결국 혈관이 터져 죽는대.
근데 너도 알다시피 우리 언니는 특이한 음식은 안 먹잖아.

　고개를 끄덕인 J는 내 계획에 대해 더 이상 말이 없었다.

*

　부모님이 벌컥 방문을 열었다. 둘 다 레드페이스 등산복 차
림이었다.

　규칙적인 운동이 우울증을 없애는 데 좋단다.

　키도 큰단다.

　엄마가 내 엉덩이를 두드리며 말했다. 휴대전화를 보니 오
전 10시였다. 나는, 레드페이스라니 뭔가 어중간하잖아, 라는
생각을 하며 일어나 앉았다. 부모님은 언니 방으로 갔다. 언
니가 뭐라고 말대꾸하는 소리가 들렸지만, 곧 엄마 손에 끌려
나오고 말았다. 나는 운동화를 신고 현관에서 모두를 기다렸

다. 언니가 힘없이 걸어 나와 슬리퍼를 신으려고 할 때, 엄마가 언니의 등짝을 후려쳤다. 언니는 결국 운동화에 발을 구겨 넣었다.

우리는 공원으로 갔다. 우리 집에서 공원은 묘한 위치에 있었다. 어디를 가려고 해도 꼭 지나쳐야만 했다. 공원은 평화로웠고 평화로워 보이는 사람들로 가득했지만, 우리는 저번처럼 그곳을 지나쳤다. 공원을 가로질러 도착한 곳은 새로 생긴 아파트 단지였다.

공원에서 운동하는 거 아니었어?

조그맣게 말했다고 생각했는데 내 목소리가 단지 안에 울렸다. 아빠는 경비 아저씨에게 친근하게 인사했고, 우리는 1동 계단을 오르기 시작했다.

왜 하필 아파트야.

내가 묻자 아빠는,

모르는 소리 마라.

하며 목청을 가다듬더니, 세에타악, 하고 외쳤다. 그사이 엄마는 잽싸게 현관들에 전단지를 붙였다. 그렇게 몇 번 하자 저 위에서 누군가 문을 열고 외치기도—여기 9층인데 세탁물 있어요!—했다. 아빠는 세탁물을 받아서 등에 진 가방에 넣었다.

우리는 1층부터 꼭대기인 21층까지 걸었다. 사람들이 내놓은 분리수거 상자를 피해 계단을 오르는 것은 꽤 귀찮은 일이었다. 상자에 담긴 것들은 비슷한 상표의 통조림이나 택배 박스 같은 것들이었다. 내려올 때는 관절을 보호해야 한다는 엄마의 말에 따라 엘리베이터를 이용했다.

그렇게 세 동을 돌자, 등에 땀이 났다. 엄마는 어느새 손을 앞뒤로 뻗어 박수를 치며 계단을 올랐다. 팡, 팡, 하고 복도가 울렸다. 나는 흘끗 언니를 보았다. 언니는 멍한 표정으로 땀을 흘리고 있었다. 나는 그걸 보다가 언니가 무슨 짓을 하더라도 부모님이 언니를 사랑하지 않는 일은 없을 거라고 생각했다. 언니가 그걸 원하지 않을 때조차도. 마지막 동을 돌 때쯤엔 가족 모두가 땀에 흠뻑 젖어 있었다. 엘리베이터에서 내가 엄마에게,

우리 옥상 가자. 야호라도 해야지.

하자 엄마는,

아파트는 자살하는 사람이 많아서 요즘 옥상을 닫아놔.

라면서 언니를 흘겼다. 언니는 운동화 끝으로 엘리베이터 바닥을 꾹꾹 눌렀다. 그렇지만 엘리베이터가 급강하하는 일은 없었다. 아파트를 나서니 눈부셨다. 꼭 옥상에 올라온 것 같았다.

*

  존 브라운은 1985년, 빨랫감을 잔뜩 들고 세탁소에 가다가
죽는다. 괴한이 총으로 저격한 것이다. 괴한은 스물세 살의
오티스 우드라는 청년이었다. 후에 그는, 자신이 왜 그런 짓
을 저질렀는지 모르겠다고 울었지만, 30년 형을 선고받았다.
브라운의 매니저는 휴가를 떠난 상태였다.

  빨랫감들은 너풀너풀 날아가 꽃비처럼 내렸다. 물론 이 장
면은 재연된 것이었다. 하지만 실제라고 믿고 싶을 만큼 아름
다웠다. 이 다큐멘터리의 하이라이트 장면인 듯했다. 그의 연
인이자, 모델이었고, 객원 보컬이었던 케이티——브라운과 사
귀면서 일약 스타로 떠올랐다고 내레이션은 덧붙였다——는
그 소식을 듣자마자 실신했다. 그녀는 그 뒤로 상습적으로 마
약을 하고 아무 남자와 자다가 죽었다. 그녀가 마지막으로 찍
은 누드 사진과 존 브라운의 초기 레코드판은 아직도 고가에
거래되고 있다고 한다.

  "난 나를 가지고 싶었네, 그래서 난 선택했네, 가라앉는 것
을, 한없이, 한없이, 가라앉는 것을. 그렇게 나는 나를 가졌어,
나를 찾았어."

  퍼펙트마그넷 6집에 실린 「Let Down」이라는 노래였다.

노래가 흐르는 동안 브라운의 과거 사진들이 흑백으로 편집되어 나왔다. 무대 위에서 찍힌 사진, 케이티와 아침 식사를 하는 사진, 웃는 얼굴이 클로즈업된 사진. 그리고 마지막으로 브라운이 총격을 받은 길에 놓인 수많은 낙서와 꽃다발이 나왔다. 누군가가 "당신을 영원히 기억하겠습니다"라고 적어놓았다. 다큐멘터리는 거기서 끝이었다. 나는 J에게 메시지를 보냈다. 한참 후에 J가 답했다.

록 스타와 그 애인치고는, 진부하네.

*

브라운 베이커리의 포스터는 결국 확인할 수 없었다. 가게 문을 닫았기 때문이다. 재개발이 불확실한 채로 남았는데도, 브라운 베이커리뿐 아니라 다른 가게들도 하나둘 폐업하는 추세였다. 재개발만 믿고 빚을 내어 여러 채의 건물을 산 공무원이, 자신의 건물 옥상에서 뛰어내렸다는 소문도 들려왔다. 아빠는 우리를 안아주는 걸 자주 걸렀다. 예전처럼 세탁소 천장만 바라보며 시간 때우는 일도 많아졌다.

세탁소 천장에는 수많은 옷이 비닐에 씌워 걸려 있었다. 몇 달이나 찾아가지 않은 옷들도 있었고 두 시간 뒤에 찾으러 온다는 옷도 있었다. 브랜드 옷도 있었고 시장에서 산 옷도 있었다. 그러나 결국은 모두 세탁소 천장에 매달려 있었다. 가끔 그것들은 목을 맨 시체처럼 보이기도 했다. 만들어져 나와서, 축축한 채로 다른 옷들과 뒤엉키다가, 결국엔 건조되어 천장에 나란히 매달리는 것. 그것이 세탁의 운명이었다.

언니는 개명을 해달라고 했다. 개명만 해주면 앞으로 쓸데없는 소란을 피우지 않겠다고 약속했기 때문에, 부모님은 허락했다. 엄마가 작명소까지 가서 이름을 받아 왔다. 하지만 죄다 어디서 본 듯한 이름이어서 언니는 고르지 못했다.

엄마는 이름을 받아 오면서 언니의 사주를 봤다고 했다. 작명소 할아버지는, 올해 세운이 별로라 그렇지, 앞으론 아주 평탄하게 살 걸세,라고 했다. 엄마는 급히, 재운은요? 효도는 좀 하겠어요?라고 물었고 할아버지는 남들만큼,이라는 말로 대화를 끝냈다.

언니는 매일 사람 찾기 사이트에 바꾸고 싶은 이름을 검색했다. 그러나 아무리 특이한 이름이어도 꼭 한 명은 나오기 마련이었다. 그 이름을 가진 경기도에 사는 스무 살의 여자나, 부산에 사는 마흔세 살의 남자를 원망하며 언니는 창을 닫았다.

그리고 나는, 계획대로 한밤중에 언니 방에 들어갔다. 방

안은 암막 커튼이 쳐져 있어 캄캄했다. 나는 암막 커튼을 걷어보았다. 방은 그대로였다. 언니 방 창문은 옆 건물 때문에 막혀 있어서, 애초에 빛이라곤 들어올 수 없는 구조인 것이다. 나는 언니가 자는 걸 바라보다가 문득 언니의 팔목을 들었다. 상처를 찾아 이리저리 팔을 돌려도 언니는 깨지 않았다. 나는 상처를 찾지 못했고, 책상 쪽으로 시선을 옮겼다. 언니의 책상에는 공책이 하나 놓여 있었다. 나는 스탠드를 켜고 그것을 읽기 시작했다.

*

브라운 베이커리는 여전히 닫혀 있었다. 그 앞에 잠시 서 있다가 J는 빙글, 돌아섰다. 집을 향해 걷는 길에 J가 물었다.

실패한 거야?

J의 말에 나는 고개를 끄덕였다.

실패라기보다, 언니의 일기를 봤어.

그게 왜?

문장이 너무 엉망이야. 비문, 오문에 치기 어린 감상까지. 그리고 이걸 발견했어.

나는 존 브라운의 CD를 꺼냈다.

오티스는 자신이 왜 존 브라운을 죽였는지 모르겠다고 했어. 하지만 그가 존 브라운을 죽이지 않았다면 미국 시민들은 스물세 살의 오티스라는 청년이 어디에 살고 있는지도 몰랐을 거야. 프랑스 루브르박물관에 있는 조각 알아? 날개가 달린…… 그걸 누가 망치로 부숴버렸거든. 지금 있는 건 그걸 이어 붙여놓은 거래. 그 작품을 보면서 누가 그랬대. "이걸 부순 놈은 역사책에 남겠네"라고. 그런 걸 생각하다 보니 죽은 뒤 남는 것에 관한 문제가 있더라고. 언니의 경우엔 일기가 되겠지. 그러니까……

나는 말을 골랐다.

어쩌면 불행하다거나 죽는다는 것 자체는 별로 중요한 게 아닌 것 같아. 누구나 죽으니까. 음, 그러니까……

그다음을 뭐라고 해야 할지 몰랐다. 머릿속을 빙빙 도는 그 문장을 잡느라 나는 한참 말도 없이 눈만 굴려야 했다.

죽음으로써 얻을 수 있는 어떤 존재감이 중요했던 거 아닐까.

잠시 침묵이 있었다. 숨도 쉴 수 없을 정도의. 이런 게 깨달음의 순간이라는 걸까. 혹은 에피파니라 불리는 것. 어쨌건 우리는 잠시, 소리도 공기도 없는 우주 공간으로 진입한 느낌을 받았다. 숨을 크게 한 번 쉬고 지구로 돌아온 J가 말했다.

그래. 존재하는 모든 것이 존재감을 가지는 건 아니니까.

J가 너무 축 처져서 말하는 바람에 나는 이렇게 말할 수밖에 없었다.

배드민턴 칠래?

*

날은 흐렸다. 형광색 셔틀콕이 포물선을 그리며 떠올랐다 내려앉길 반복했다. 우리가 모르는 사이 세계가 멸망이라도 한 것처럼, 공원은 조용했고 또 아무도 없었다. 쫄쫄이 아저씨도, 자전거를 타는 연인들도. 나는 갑자기 쫄쫄이 아저씨가 그 옷을 어디서 샀는지 궁금해졌다. 그것을 사기 위해 디자인을 고르고, 색을 고르고, 또 안경과 신발까지 맞추었을 아저씨를 생각하니 어쩐지 쓸쓸했다. 그 쫄쫄이 옷은 어떤 방식으로 세탁할까. 아마, 세탁의 운명을 크게 벗어나지는 않을 거다.

한두 방울씩 비가 떨어지기 시작했다. 빗방울에 놀라 삐끗한 탓에 셔틀콕이 멀리 날아가버리고 말았다. 처음 있는 일이었다. 비가 온 것도, 셔틀콕이 시야를 벗어난 것도. J와 나는 셔틀콕을 찾아 나무를 흔들어보거나, 공원 안에 있는 정자 위에 올라가보기도 했다. 하지만 셔틀콕은 아무 데도 없었고,

비는 점점 거세게 내렸다. 인공 연못 위로 툭툭 떨어지는 빗방울을 바라만 보다, 우린 결국 집에 돌아가야만 했다. 셔틀콕은 우리에게서 영원히 사라져버린 것이다. 우리는 돌아가는 내내 그 행방을 궁금해하다가,

셔틀콕도 사라짐으로써 존재감을 가지고 싶었던 거야.

라고 결론지었다.

*

집에 돌아오자마자 빨래를 걷기 위해 옥상에 올랐다. 빗물이 속옷까지 흘러들어 축축했다. 늦은 장마가 시작된다고 어디선가 들은 것도 같았다. 나는 공무원이 투신했다는 건물을 찾아보다가 이내 포기했다. 옥상에서 내려다본 거리 곳곳에는 현수막이 걸려 있었다. 휘갈긴 빨간 글씨들이 무언가 격한 감정을 전하려고 한 것 같았지만, 사소한 오자들 때문에 그 의미가 흐리게 다가왔다. 매달린 그것들은 세탁소 천장의 옷 같았다. 현수막은 천천히 젖어갔다. 비슷비슷한 주택들도, 그 옥상들도 젖어갔다. 세상은 급수 버튼을 누른 거대한 세탁기 같았다.

빨래를 다 걷은 뒤 옥상을 한번 둘러보다 구석에서 무언가를 발견했다.

놀랍게도 그것은 선인장들이었다.

너무 젖으면 죽지 않을까,라고 생각은 했지만 그대로 두고 내려왔다. 집엔 아무도 없었다. 옷을 갈아입고 따뜻한 바람에 머리를 말리며 나는 점점 건조되어갔다. 세탁의 운명처럼. 혹은 축축한 반죽이 비스킷이 되는 운명처럼. 나는 J에게 메시지를 보냈다.

어쩌면 이것을 성장이라고 부를 수 있을까. 바삭하고 건조해지는 것 말이야.

*

몸이 다 마르고 난 뒤에 언니 방에 있는 존 브라운의 앨범을 꺼내 플레이했다. 이유는 알 수 없었지만 눈물이 날 것 같았다. 하지만 애써 말린 몸을 다시 적시는 것은 소모적인 일이라는 생각이 들었고, 나는 스탠드를 켜고 공책에 아무 말이나 적어 내려갔다. 세탁의 성장과 반죽의 성장에 대해. 축축하게 젖어버리는 어느 한 시기에 대해.

J에게선 답이 오지 않았다.

이를테면
에필로그의
방식으로

새로운 모임은 늘 기존의 모임을 비판하며 탄생했다.

K와 E는 '영화 보는 사람들'에서 처음 만났다. 둘은 그 모임의 유일한 고등학생이었다. 처음에 둘은 서로가 동갑이라는 것을 알았고, 그 뒤엔 같은 영화감독을 좋아한다는 것을 알았고, 마침내 학교에는 취향을 공유할 만한 친구가 없다는 것에 공감했다. 둘은 하교 후 매일같이 메신저에 접속해 대화를 나누었다. 그들의 집은 4백 킬로미터 넘게 떨어져 있었고, 그 때문에 첫 대화를 나눈 뒤 몇 개월이 지나서야 서로의 얼굴을 볼 수가 있었다. K는 E를 만나기 직전 부랴부랴 머리를 붉은색으로 염색했지만 E에게는 말하지 않았다. 명동에서 만난 둘은 예술극장에서 영화를 한 편 본 뒤 남산에 올랐다.

야경을 보며 「Losing My Religion」을 들었다. 원곡은 아니었고 어떤 여가수가 질질 늘어지는 풍으로 편곡한 것이었다. 2000년대였으니까.

K는 그길로 방학이 끝날 때까지 E의 집에 머물렀다. 그다음 방학엔 E가 K의 집에서 지냈다. 둘은 곧 모든 걸 공유하는 사이가 되었고, 심지어는 여성 취향조차 비슷해졌다. 둘은 쇼트커트를 한 여자에게는 무조건 가산점을 주었다. 그들이 특히 좋아한 것은 「처음 만나는 자유」의 위노나 라이더와 데뷔 직후의 맥 라이언이었다. '영화 보는 사람들'엔 여배우에 대한 정보가 부족했고, K와 E는 그 모임엔 가식덩어리만 가득하다는 데에 동의했다.

K는 '영화 보는 사람들' 외에 '자물쇠를 열어'라는 록 음악 동호회에서도 활동을 하고 있었다. K는 그곳에서 Y를 만났다. Y는 한 살 어렸고 시골에 살고 있었다. Y는 함께 오토바이를 타던 형들을 버리고 K, E와 어울렸다. Y는 이렇게 말했다.

형들, 오토바이 타다가 눈을 감아도 이 동네에선 아무 일도 안 일어나.

Y는 K, E와는 다르게 여성 편력이 좀 있었다. 객관적으로 Y의 외모가 둘보다 나은 점이 없었는데도 말이다. Y는 또 말했다.

이 동네엔 심심한 여자애들이 많거든. 소개시켜줄까?

여자애들을 소개받는 일은 일어나지 않았다. Y는 여자를 만날 때면 둘을 부르지 않았다. 부르지 않은 정도가 아니라 둘을 피해 몰래 만나는 지경이었다. K와 E가 먼저 성인이 되었다. E는 수도권 내에 위치한 예술대학의 극작과에 진학했고 K는 서울 소재의 경영대학에 진학했다. 이듬해에 Y가 고등학교를 졸업하고 서울로 상경하여, 셋은 더 자주 모이게 되었다. 모임 장소는 청도에서 왔다는 아저씨가 운영하는 양꼬치집이었다.

셋은 원래도 존재감이 희미한 편이었고, 청도에서 온 주인은 기억력이 뛰어나지 않은 편이어서, 일주일에 적어도 두 번은 들르는 그들에게 서비스 한 번을 주지 않았다. Y는 그게 마음에 들지 않는다며 모임 장소를 바꾸자고 여러 번 제안했다. 셋은 장소를 옮기려고 몇 번이나 시도해보았으나 결국엔 그곳에서 모이게 되었다. 고향 같은 곳이었다. 벗어나고 싶어도 자꾸만 돌아가게 되는.

*

K가 금융계 회사원이, Y가 바이크 잡지의 기자가 될 동안,

E는 유학 준비를 한다며 몇 년을 놀았다. 한동안은 형식적으로 학교 도서관이라도 나갔지만, 나중엔 집 밖으로 한 걸음도 나오지 않았다. 희곡 공모전에 원고를 보내기도 했는데 당선은 되지 않았다. K와 Y가 결과를 물어보면,

　연락이 없으면 안 된 거겠지. 확인도 안 해봤어.

라고 답했으나, E의 술버릇은 나날이 나빠졌다. K의 자취방에서 술을 마시다 말고 창문으로 뛰어내리려는 걸 K가 간신히 붙잡은 적도 있었다. 술에서 깬 E는 창문 아래에 분명 쇼트커트를 한 미모의 여성이 있었다고 해명했다.

　E는 총 열다섯 편의 희곡을 쓰고 버렸다. 그러더니 갑자기 소설을 쓰겠다며 습작 동호회에 가입했고, 거기서 w를 만났다. w의 얼굴은 봐줄 만했지만 성형한 티가 많이 났고, 평균 키였지만 비율이 좋지 않았다. 꼬박꼬박 써 오는 습작 소설도 어딘지 1990년대 풍이었다. 여자 주인공이 고양이를 키우며 남자들과 닥치는 대로 자다가 자살하는 내용이 전부였다. 영화나 문학에 대한 조예도 딱히 깊지 않았고, 그나마 음악에 대해선 얘기가 통할 뻔했으나, 그것도 곧 바닥났다. 그럼에도 w에게는 거부할 수 없는 매력이 있었는데, 그건 w가 무지막지하게 심심한 여자라는 점이었다.

　E와 w는 습작 동호회 사람들의 소설을 욕하며 친해졌다.

w는 이따금 E를 집으로 초대했는데, 둘 사이에 무슨 일이 일어나진 않았다. w가 아버지와 같이 살았기 때문이다.

*

w의 아버지는 날카로운 인상의 남자였다. 그는 금 목걸이를 끔찍이 아꼈다. 그 목걸이는 딱 두 번 그의 목을 벗어났는데, 첫번째는 IMF가 터졌을 때였다. 덧붙여 설명하자면 전국적으로 금모으기운동이 활발할 때였고, 18K 금이라도 몸에 둘렀다가는 눈총 맞기가 십상이었다. 그는 그 무렵 사우나에 갈 때마다 집 안 금고에 목걸이를 벗어 둬야만 했다고 말했다. 두번째는 스무 살이 된 w가 성형수술을 하겠다고 말했을 때였다. 그는 전당포에 금 목걸이를 맡겨 수술비를 댔고, 정확히 두 달이 지나기 전에 찾아왔다고 한다. w의 아버지는 입버릇처럼 무덤에 목걸이와 함께 묻히겠다고 말했다. 또 그는 무슨 말을 뱉기 전에 꼭 목걸이를 만지작거리는 버릇이 있었다.

이 목걸이엔 나의 신념이 담겨 있다.

처음 w의 집에 간 날, E는 몸도 마음도 부풀어 있었다. 엘리베이터를 타고 올라가며 그는 상상력의 신이 되었고, 현관문을 열자마자 왜 언제나 현실은 상상을 능가하는가,라는 고뇌에 빠졌다. w의 아버지는 두부김치와 청하를 준비해두고 테이블에 앉아 있었다. 잔은 정확히 세 개였다.

w의 아버지는 그 뒤로도 E가 올 때면 요리를 해주곤 했다. 그는 항상 사각팬티만 입은 채 금 목걸이를 한 차림이었는데, 싱크대 앞에서는 꼭 에이프런을 걸쳤다. 가끔씩 에이프런 사이로 그의 젖꼭지가 삐져나올 때마다 E는 몸의 어딘가가 물리적으로 아파오는 느낌을 받았지만, w와의 진전을 위해 참았다. w의 아버지가 잘하는 요리는 김치찌개였다. 그의 조리법에는 특별한 무언가가 있었지만, 알 방법이 없었다.

w의 아버지는 직업 또한 미스터리했다. 일단 E가 방문한 날에 그가 출근하지 않는다는 것은 확실했다. w는 그가 건달이라고 했다가 사업가라고 했다가 사실은 그냥 회사원이라며 깔깔댔다. 어느 날 w는 그의 아버지가 살인청부업자일지도 모른다고 했다.

그러지 않고서야 시간과 돈이 이렇게 넘쳐날 리 없잖아?

w는 술을 마시면 빨래를 했다. 그게 그녀의 술버릇이었다. 이불이며 옷이며 가리지 않고 모조리 빨아댔는데, 한번은 자고 있는 E의 옷을 벗겨놓고 빨래를 한 적도 있었다. 그날 E는 w의 아버지가 작아서 못 입는다는 베르사체 티셔츠와 발리

청바지를 입고 집에 갔다. w는 E에게 물었다.

얼마만큼의 돈을 받으면 불법을 저지를 수 있을까? 그 최소 기준은 정하고 살아야 한다고 생각해.

E는 w를 그들의 모임에 초대했다. K와 Y에게 일종의 SOS 신호를 보낸 셈이다. w의 아버지가 버티고 있는 한 더 이상의 진전은 무리였다.

*

커다란 비행기 하나가 상공에서 사라졌고, 50년 전 그와 비슷하게 사라진 비행기의 잔해가 대만에서 발견되었다. 모임이 그런 뉴스를 검색하고 있을 때 w가 등장했다. 쇼트커트였다.

남자친구랑 헤어졌거든요.

모두들 w를 반갑게 맞이했는데, 특히 K가 과묵해진 걸로 보아 w가 매우 맘에 든 눈치였다. w는 침묵을 견디지 못하고 K에게 젓가락을 주거나 그릇 따위를 주며 자꾸 챙겨주었다. E는 그동안 w와 왜 아무 일도 일어날 수 없었는지를 깨닫고는, 다시 한번 자신의 상상력의 부재에 통탄했다. 그러고는 곧바로 새로운 상상을, 그러나 그다지 뛰어나지 않은 종류의

것들을 하기 시작했다. E는 여러 상상 끝에 모임의 다른 남자들을 경계하며,

모임 내 연애는 금지인 거 알지?

라며 한 톤 높은 목소리로 건배를 청했다. 그는 w가 화장실에 갈 때마다 농담처럼 Y에게 저 말을 반복했고, Y는 짜증을 냈다.

E는 '영화 보는 사람들'에 대해, Y는 '자물쇠를 열어'에 대해 말해주었다. 좋게 말하면 모임의 역사에 대한 거였고, 다르게 말하면 자신들이 문화 예술에 얼마나 조예가 깊은지 설명하는 시간이었다. w는 이야기가 쓸데없이 방대하고 늘어진다고 생각했다. 지루해진 w는 곧 다른 생각을 했다. 이를테면 자신이 나이트클럽에 갔던 횟수라든가, 하는 것들. 왜 그런 것들이 생각났는지는 어렴풋이 알 수 있었다. 신난 남자들의 이야기에 영혼 없이 대답해야 하는 상황이 비슷했기 때문이다.

w가 처음 나이트클럽에 간 것은 스무 살 때였다. 처음으로 사귀었던 남자친구가 입대했을 무렵이었다. 그 남자친구와는 결혼 빼고 다 했었지, w는 생각했다. 다시 생각해보니 전 남자친구라는 호칭을 가진 사람과는 결혼 빼고 모두 다 해본 셈이었다. 그래서 호칭은 영원히 전 남자친구로 남는 거로군.

어쩐지 묘비명처럼 느껴졌다. w는 자신의 마음에 있는 세 개의 무덤을 생각했다. 그중 나이트클럽과 관계된 것은 없었다. w는 딱 한 번 모르는 남자와 잔 적이 있었다. 술에 취해 정신이 없었고, 도중에 술이 깼다. 남자에게 따귀를 갈겼고, 그는 어리둥절해하더니 이내 w에게 욕을 퍼부어댔다. 그건 아주 최근의 일이다.

w는 물었다.

그래서 이 모임에선 어떤 예술 활동을 하고 있는데요?

꼭 뭘 해야 되나, Y가 중얼거렸고 K는 괜히 양꼬치를 뒤집었다. 갑자기 사위가 고요했고, 더불어 비장했다. E가 과장되게 말했다.

이 술자리는 그 감독의 영화와 닮았어. 이 구도하며 쓸모없는 대화들……

그 감독은 모임의 모두가 좋아하는 사람이었다. 그 감독의 영화엔 꼭 추잡한 술자리가 등장하였고, 그는 그 추잡함으로 일상을 관통하는 순간 포착의 대가라는 평을 받았다. K가 그럼 말 나온 김에 우리도 한번 찍어보자,라고 했고 w가 그래, 비디오 가게나 지키던 타란티노도 했는데 뭐,라고 덧붙였다. 모임은 이제 자신들도 예술계에 한 발을 담갔다는 성취감을 나누며 헤어졌다.

영화의 제목은 "시절의 완성"으로 정했다. 모임의 이야기를 토대로 한 페이크 다큐멘터리가 될 예정이었다. '시절의 완성'의 방향과 콘셉트는 다 함께 정했지만, 시나리오는 E가 쓰게 되었다. 표면상의 이유는 E가 극작과를 졸업했다는 거였으나 그 기저에는 E가 제일 한가하다는 의미가 내포돼 있었다.

E가 좀처럼 시나리오를 써 내려가지 못했기 때문에 그걸 빌미로 그들은 더욱 자주 모였다. 만나면 새벽까지 마셔댔고, 양꼬치 가게에서 가까운 K의 자취방에 모여 잤다. 하나밖에 없는 침대는 늘 w의 차지였다. w는 아예 전용 클렌저와 칫솔도 가져다 둘 정도였다. 그럼에도 잠옷은 굳이 K의 옷을 빌려 입었는데, 덩치가 큰 K의 옷을 입으면 자신이 귀여워 보인다는 것이 그 이유였다.

K의 자취방은 서울에 있는 전형적인 풀 옵션 원룸이었다. 여기서 전형적이라는 말은 아주 좁았다는 뜻이다. K는 가구들의 관에 갇히는 꿈을 자주 꾸었는데, 그럼에도 이곳에서 학교를 졸업하고 취업을 준비하고 회사를 다녔다. 이 방에서 그는 대학 동기들과 술을 마셨고, 여러 여자친구와 불법으로 다

46

운로드한 영화를 보았으며, 다양한 유형의 토익 문제집을 풀었다. 때때로 동아리 후배들을 재우기도 했다. 하지만 취업한 뒤로는 이 모임의 사람들만을 방에 들였다. 중구난방의 가구로 둘러싸인 좁은 방과 낡은 극세사 이불은 아무래도 점점 부끄러워지는 중이었다.

좁은 방이었기에 누군가는 책상 아래에 신체의 일부를 넣고 자야 했고, 그 자리는 Y의 차지였다. 그는 책상 아래에 머리를 넣은 뒤, 휴대전화를 머리맡에 두고 잤다. 휴대전화가 울리면 그는 숙련된 형사가 총을 장전하듯 순식간에 잠에서 깼다.

Y는 서울에 오면서부터 여자를 만나기가 어렵다는 걸 깨달았다. 나이를 먹을수록 주변의 심심한 여자들은 사라져갔다. Y는 동년배보다는 어린 여자를, 서울 사람보다는 고향 후배들과 더 자주 만나게 되었다. 그에 반해 K는 이상하리만치 여자를 잘 만나고 다녔다. 취업하자마자 이곳저곳에서 소개팅 제의가 들어왔다. 스튜어디스와의 만남이 주선되기도 했다. 「중경삼림」의 왕페이 때문에 그들은 스튜어디스에 대한 로망이 있었다. Y는 이 알고리즘이 어떤 방식으로 돌아가고 있는지 도저히 이해할 수가 없었다.

그 와중에 Y는 어렵사리 여자애 하나를 만났는데, 일곱 살

연하였다. 여자애는 새벽이고 한낮이고 가리지 않고 전화를 해댔다. 전화보다 괴로운 것은 여자애가 종일 늘어놓는 푸념이었고, 그보다 더 괴로운 것은 여자애를 어르고 달래는 자신이었다.

처음 만난 날 여자애는 자기 신변을 줄줄이 늘어놓았다. 누가 들어도 우울한 얘기였지만, Y는 꾹 참고 맞장구를 쳐주었다. 여자애는 죽고 싶다는 말을 남발했고, Y는 죽지 말라는 말을 반복했다. 그날, 둘은 모텔에서도 내내 같은 말만 계속했다. 호흡이 척척 맞는 만담 콤비 같았다.

여자애는 Y가 모임에 나가는 것을 마땅찮아했다. 모임에 갔다 돌아오면 몇 시간의 통화가 기다리고 있었다.

*

양꼬치의 누린내가 가시지 않은 채로 어김없이 각자의 자리에서 잠이 들었던 날, Y의 휴대전화가 울렸다. 전화를 건 것은 당연히 매일 죽고 싶다는 여자애였다. 통화가 길어질 것 같아 Y는 신발을 꺾어 신고 현관을 향해 일어섰다. 수화기 너머 여자애의 가느다란 목소리 뒤로 강바람 소리가 들렸다. Y는 담배를 물었다. 한참을 말이 없던 여자애는,

그동안 내 전화 받느라 고생했어.
라고 말하고는 전화를 끊었다.

*

　　경찰차의 내부는 타고 다니는 사람의 특성을 하나도 반영하지 않고 있었다. w는 신기한 듯 무전기를 물끄러미 바라보았다. Y가 전화기를 들고 사색이 되어 방으로 들어오자 w는 주저 없이 경찰을 불렀고, 경찰도 주저 없이 나타났다. 경찰은 뒷좌석에 세 명만 탈 수 있다고 말했고, E가 방에 남았다. 굳이 w까지 갈 이유는 없었는데, 그녀는 술이 덜 깬 채로 고집을 부렸다. w는 앞 좌석 사이로 머리를 밀어 넣고 손을 뻗어 무전기를 만지려 했고, 저지당하자 갑자기 자신이 생각하는 소설론에 대해 열변을 토했다.

　　섹스와 자살이라는 소재만이 심사위원을 사로잡을 수 있다고 생각해. 심사위원 대부분이 중년 남성이거든.

　　닥치는 대로 남자와 자는 여주인공 또한 그런 맥락에서 포기할 수 없다고 했다. w는 자신이 쓰는 소설과는 다른 종류의 여자였다. 성욕이라는 게 없는 것처럼 보이기도 했다.

　　아무래도 자위를 하는 게 더 편하지. 안심이 되기도 하고.

w가 늘상 하는 말이었다.

그럼 고양이는 왜 나오는데?

K가 묻자 w가 조소를 띠며 대답했다.

혼자 놔둬도 잘 사는 여자처럼 보이잖아. 남자들이 보기에.
흔히들 고양이에 대해 갖고 있는 편견처럼.

경찰이 w를 힐끔 쳐다보았다. w가 바란 것은 그 시선인 듯
했다. w에게 의외로 제복 페티시가 있는지도 몰랐다.

마포대교 순찰은 다 돌았는데 그런 인상착의의 여자는 없
답니다.

경찰이 말하고는 뒷좌석을 바라보며 물었다.

사망자와는 어떤 관곕니까?

w가 발끈했다.

사망자라니요. 걔가 지금 죽었어요?

죄송합니다. 저, 사망자, 아니, 친구분의 사진 좀 볼 수 있을
까요?

그제야 Y는 자신이 여자애의 사진을 한 장도 가지고 있지
않다는 사실을 깨달았다. Y는 온 기억을 동원해 여자애에 대
해 묘사했다. 하지만 묘사할수록 아크릴물감을 덧바르는 것
처럼 여자애의 인상은 흐려져갔다. 그들은 여자애의 휴대전
화 위치 추적에 동의한 뒤, 새벽 내내 마포대교를 뛰어다녔

고, 마지막 위치로 확인되는 서강대교에도 갔다. 날씨가 좋은 편이라 강은 잔잔했지만 충분히 어둡고 위험해 보였다.

모임 사람들이 K의 자취방에 다시 도착한 것은 동이 틀 무렵이었다. 창문으로 빛이 들었지만 북향이라 아주 어렴풋했다. 까무룩 잠들려는데 K의 휴대전화 알람이 울렸다. E가 잠결에 욕을 했고 K는 사과했다. 다시금 잠들려는데 이번에는 Y의 휴대전화가 울렸다.

네. 경찰 서비스요? ……매우 만족이요. ……매우 만족. ……그냥 다 매우 만족으로 해주시면 안 돼요?

Y는 졸음이 가득 묻어나는 목소리로 대답했고, w가 웅얼 댔다.

사망자라는 단어의 어감이 불편했다고 전해줘……

*

'시절의 완성' 초고는 몇 달 뒤에야 완성되었다. 원고를 들고 나타난 E는 긴장한 표정이 역력했다. 시나리오를 쓰면서 E는 두 가지 행동을 강박적으로 반복했는데, 하나는 프로이트의 전집을 읽는 거였고, 다른 하나는 찰리 채플린의 「황금광 시대」를 서른 번도 넘게 본 것이었다. Y가 싸구려 보드카와 과자를 사 왔다. 보드카에선 누룩 냄새가 났고, 그게 왠지 토종 술 같은 느낌을 주었다. 네 개의 원고를 앞에 두고, 각자의 입에 누룩 향의 보드카를 연거푸 털어 넣은 뒤 그들은 대본을 읽기 시작했다. 대본보다 기획 의도가 더 길었는데 E는 K가 그걸 읽길 원했다.

세상을 구하는 것은 언제나 젊음이다……까지만 읽고 K는 대본으로 바로 넘어갔다.

시나리오는 기획 의도보다 더 심했다. 심한 데다 의미도 없었다. K는 한국에 있는 예술대학을 모조리 없애야 한다고 생각했다. Y는 어떻게 하면 E의 비위를 거스르지 않고 의견을 낼 수 있을지 고민하다 아예 입을 다물었다. 문제는 w였다. w는 중간부터 약간 화를 냈고 대본을 다 읽자마자 E에게 쏘아붙였다.

E와 w의 섹스 신은 뭐야?

그…… 청춘과 젊음의 시절이라는 게 그렇잖아? 연애와 섹스가 그들의 전부가 되기도 하고.

E가 더듬거리자 w가 소리를 빽 질렀다. 마치 종이를 갈기 갈기 찢는 소리 같았다.

재미로 찍는 거라며 웬 섹스 신이야! 게다가 너, 연애는 둘째치고 섹스는 해봤니?

그날 E는 또 창문을 열고 뛰어내리려고 했다.

*

날씨가 좋은 날, 넷은 백화점에 갔다. 백화점에서 뭘 살 수 있는 사람은 K밖에 없었다. Y가 다니는 바이크 전문 잡지는 광고주들이 슬슬 발을 빼고 있었고, w는 사용 직후 아버지의 휴대전화로 구매 내역이 전송되도록 설정된 신용카드를 가지고 있었고, 알다시피 E의 수입은 제로였다.

백화점엔 진열된 물건만큼이나 사람도 많았다. 절반은 외국인이었다. 넷은 외국에 나가서 메이드 인 코리아를 사면 수입 제품인 거다, 아니다로 갑론을박을 펼치며 백화점을 가로질렀다. K는 와이셔츠 몇 벌과 넥타이를 샀다. 백화점의 조명이 밝아서 그들은 상대적으로 어두워 보였다. 그들은 자주 거울 앞에 서서 차림새를 매만졌다.

남성복 매장 위주로 구경하다 보니 w는 금세 지루해했다. 화장실 앞 소파에 앉아서 한참을 쉬던 w가 누구에게도 필요하지 않은 물건을 구경하는 것이 공평하겠다고 말했고, 그들은 명품 매장으로 갔다. 명품 매장, 특히 루이비통 매장의 줄은 아주 길었다.

요즘도 루이비통을 사는 사람이 이렇게 많다니.

그들은 그렇게 말했고, 그들 중 루이비통을 가진 사람은 아무도 없었다. 명품 매장을 헤집고 다니다 백화점을 나온 뒤 CGV에서 그들 모두가 좋아하는 감독의 영화를 봤다. 팝콘 콤보 두 개를 시켜 둘씩 나눠 먹었다. 감독의 영화는 그가 고수하던 스타일 그대로여서, 시종일관 예측이 가능했다. 하지만 영화가 끝난 뒤엔 모두 만족스러웠다는 평을 내렸다.

영화의 줄거리는 이렇다. 딱 봐도 인생이 심심한 여자가 있다. 여자는 레트리버를 키운다. 여주인공을 맡은 배우는 몸매가 아주 좋았는데, 특히 가슴이 정말 컸다. 어쨌든, 가슴이 크고 심심한 여자는 술자리에서 한 시인을 만난다. 시인은 온갖 미사여구로 그녀의 마음을 사로잡고, 여관에 가는 것에 성공한다. 그의 영화에선 모텔보다 여관이 더 자주 등장했다. 어쨌든 다시, 시인은 어느 날 자신의 짧은 글에서 그녀를 창녀처럼 묘사하여 발표한다. 여자는 화를 내고, 그들은 헤어진다. 시인은 다른 여자와 잔다. 여자는 아무 남자와 잔다. 엔딩 크레디트.

w는 여주인공이 고양이가 아닌 개를 키운다는 점이 획기적이라고 했다. 그들은 영화관 주변의 한 커피 체인점에 들어

갔다. 진동 벨이 사방에서 울리는 번잡한 곳이었다. K와 Y가 점장으로 보이는 사람에게 반갑게 인사했다.

　E가 누구냐고 묻자,

　'자물쇠를 열어' 시삽이었어. 그러고 보니 요즘은 시삽이라는 말을 안 쓰네.

라고 K가 대답했다. 커피를 마시고 출구를 빠져나오자 음악 소리가 들려왔다. 사람들이 몰려 있는 곳을 바라보니 멕시코 모자를 쓴 밴드가 연주를 하고 있었다. 가까이 가서 보니 밴드는 모두 동남아계 사람들이었다. 멕시코 모자를 쓴 동남아계 밴드의 마지막 곡은 트로트였다. 등산복 차림의 중년 무리가 춤을 추었다.

*

　Y와 E가 화장실에 간 사이, K는 w에게 키스했다.

*

　모두가 좋아하는 그 감독은 연말에 있는 영화 시상식에서 큰 상을 받았다. 어쩌면 w가 말한 대로 여주인공이 개를 키운다는 설정이 좋게 작용했을 수도 있었다. 여주인공을 맡았던 배우는 가슴이 훤히 드러난 흰 원피스를 입었다. 얼굴에 비해 가슴과 몸통이 너무 커서 그녀는 약간 바다사자처럼 보였다.

모임 사람들은 역시나 양꼬치 가게에 모여서 그 시상식을 보았다. 마침 거리엔 눈이 내리고 있었다. 다들 창밖으로 그걸 내다보면서, 내년 이맘때엔 다들 뭘 하고 있을지를 물었다. 그건 소리 내어 말한 것은 아니었고 속으로 삼킨 질문이었다. 가게엔 그들뿐이었다. 눈 온다고 다들 어디 분위기 좋은 데라도 갔나 보지, w가 빈정댔다.

E가 「Losing My Religion」을 틀었다. 웬일로 원곡이었다. 다들 흥얼흥얼 노래를 따라 부르는데, 가게 주인이 서비스로 가지볶음을 내왔다. w는 고기가 아니잖아,라고 작게 중얼거렸다.

미국에 있을 때 피터 벅이 우리 옆집에 살았지.

가게 주인은 그들이 가지볶음을 집어 먹길 기다렸다가 말했다. w는 피터 벅이 누구냐고 물었고,

R. E. M의 기타리스트!

라고 E와 K가 동시에 답했다.

그는 영화광이었어. 기타를 치지 않을 때면 늘 비디오를 봤다니까. 마주칠 때마다 내게 영화 추천을 부탁하곤 했지. 나

도 뭐, 젊었을 땐 영화인이었으니까 말이야. 베니스 영화제에서 자원봉사도 했지. 알잖나. 자원봉사 없으면 영화판 안 돌아가는 거.

가게 주인은 아예 의자를 끌고 와 그들 옆에 앉았다. 내친김에 담배도 한 대 피웠다. 담배를 든 그의 손은 곳곳에 때가 절어 있었다. 여태까지 이런 손으로 양꼬치를 만들어온 거였나, 그들은 망연해졌다.

피터 벅은 내게 언젠가는 꼭 영화를 찍겠다고 했어. 사실은 기타리스트보다 영화감독이 꿈이었다나. 전 세계가 그의 기타 소리를 듣는데, 그는 기타 치는 거 말고 다른 걸 하고 싶다는 거야. 이해가 돼? 아마 그들이 해체한 것엔 피터 벅의 그런 욕망이 작용했을지도 모른다네.

양꼬치 가게 주인이 말하는 사람은 피터 벅이 아닐 것이 분명했지만, 모임의 모두는 가지볶음을 씹으며 닥치고 있었다. 놀랍게도 그건 양꼬치보다 맛있었다.

그런데 죽는다던 그 여자애는 어떻게 됐나?

아, 집에서 자고 있었대요.

w가 무의식적으로 대답하며, 가게 주인에게 이 이야기를 한 적이 있던가, 하고 기억을 더듬었다. 영화 시상식이 끝나자 토막 뉴스가 방송되었다. w를 제외하고는 가게 주인이 앉

은 뒤로 한마디도 하지 않았다. 불편해서 엉덩이가 저려왔다. 뉴스에서는 이제 비행기가 아닌 유람선의 이야기를 다루고 있었다. 파도가 텔레비전을 가득 채우고 있었다. 그걸 멍하게 보던 E가 마치 수영을 하려는 듯 옷을 하나씩 벗어젖혔다. 워낙 순식간에 일어난 일이라 아무도 말리지 못했다. 팬티만 입은 E가 주방으로 가더니 '좋은데이'라고 프린트된 앞치마를 두르고 w를 가리켰다.

w, 생각나는 사람 없니?

w의 얼굴이 굳어갔지만 E는 앞치마 사이로 삐져나온 젖꼭지를 가리키며 실실 쪼갰다. 그러더니 갑자기 팔을 하늘로 치켜들고 우렁차게 외쳤다. 겨드랑이 털이 수북했다.

이게 바로 프로이트다!

그러면서 w를 껴안으려다가 혼자 발이 꼬여 나동그라졌고, 그 상태로 바닥에 엎어져 한참을 일어나지 않았다. 그러거나 말거나 양꼬치 가게 주인이 말했다.

나는 아직도 피터 벅과 연락을 주고받고 있지. 원한다면 메일을 좀 보여줄까. 참, 나는 맥 라이언을 굉장히 좋아한다네. 자네들은 어떤 영화를 좋아하는가?

아무도 관심을 갖지 않자 E는 주섬주섬 옷을 입고 제자리에 앉았다. 그들은 이제야말로 이곳이 아닌 다른 곳에서 모일 수 있겠다고 생각했다. 그들에겐 이제 새로운 장소가 필요했다. 옷에 음식 냄새가 덜 배는 곳으로 가자고 그들은 속삭였다. 뉴욕이나 파리, 서울처럼 세련된 곳으로. 고향이 아닌 곳으로.

*

다음 날, E는 낯선 여관방에서 깨어났다. 혼자였다. 숙취도 없고 몸도 가뿐했지만 지난밤의 기억만은 깨끗하게 단절되어 있었다. 녹색인지 노란색인지 모를 정도로 때가 탄 이불을 걷어내자, E의 노트북이 눈에 들어왔다. 그것은 어딘가 텅 비어 보였다. E는 노트북을 잡고 흔들었다. 몇 개밖에 안 남은 부품이 요란한 소리를 내며 흔들렸다. 벽에는 스누피인지 크툴루인지 알 수 없는 낙서가 갈겨져 있었다.

w는 집에 가는 택시 안에서 문득 동네 나이트클럽이 모두 망했다는 걸 깨달았다. 굉장하군, 나이트클럽의 흥망사를 겪은 기분이야. 그러다 한 번도 궁금했던 적이 없던 게 궁금해졌다. 아버지는 금 목걸이에 어떤 신념을 담았기에 절대 벗지 않는 걸까. 하지만 언제나처럼 금세 흥미가 떨어졌고, 그건 결국 아버지의 직업처럼 미스터리로 남아 있게 되었다. 그녀

는 각종 야채와 콘돔을 사서 집으로 돌아갔다. 집엔 김치찌개가 끓여져 있었다.

K는 회사에서 급하게 온 연락을 받고, 눈을 밟으며 출근했다. 막상 회사에 도착해서는 자신이 할 일이 없다는 걸 깨닫고 스타벅스에 가서 아메리카노를 마셨다. 스타벅스 맞은편 건물은 휘트니스 센터였다. K는 쫄바지를 입고 러닝 머신을 뛰는 여자를 보며 휴대전화를 만지작거렸다. 그는 연락처 목록에서 w의 이름을 검색했다가 지우길 반복했다.

Y는 K의 자취방에서 깨었다. 아무도 없었다. 그는 지난밤 E의 술주정을 떠올렸다. 그걸 너무 오래 받아줬어. 그는 새로운 모임에 가입해야겠다고 결심했다. 이왕이면 심심한 여자가 많은 곳으로. 그러나 불현듯 습작 동호회가 떠올라, Y는 고개를 절레절레 흔들었다.

*

당연한 말이지만 '시절의 완성'은 영화가 되지 못했다. 영화가 되기엔 너무 사변적이고, 말이 많았고, 사건도 없었다. 그리고 영화를 만든다는 것은 글을 쓰는 것과 다르게 자금이 필요했다. 만약 돈이 들지 않았다면 그것은 정말로 완성되었을까. 쓸모없는 것들의 생산을 줄이려면, 어쩌면 모든 예술 활동엔 돈이 좀 들어야 할지도 모른다.

이런저런 이유로, 어쨌거나 다행스럽게, '시절의 완성'은 결국 글로만 남게 되었다. 아래는 '시절의 완성' 마지막 신의 일부다. 뻔하고 진부하므로 읽지 않아도 상관은 없다.

#32. 시절은 완성되지 않는다

시간: 새벽
장소: 양꼬치 가게

한때 피터 벅의 친구였던 주인은 양고기를 꼬치에 꿰는 대신 카메라를 들고 있다. 그는 모임을 찍는다. 모임의 모두는 술에 취해 널브러진 채다. 그는 익숙하다는 듯 카메라를 돌린다. 그곳엔 숨겨져 있던 방이 하나 있다. 피터 벅이 기타를 연주하고 있다.

피터 벅: 어차피 대대손손 이런 식일 겁니다.

F. O.

에필로그의 방식으로 말하자면, 사실 K의 자취방은 1층이었고, 창문은 아주 작았다. 사람이 통과할 수 없을 정도로 아주, 아주, 작았다. 그곳에선 아무도 자살할 수 없었을 것이다.

탐정과 오소리의 사건 일지

—봄, 여름

1. 이끼 연습, 봄

그가 실종되었다는 연락을 받은 것은 점심을 먹고 식곤증
이 몰려올 즈음이었다. 조수 오소리도 연신 나른한 하품을 하
며 쇼핑몰을 뒤적이고 있었다.

—이봐, 오소리. 뭐 재밌는 거라도 있어?

—재밌는 게 있겠어요. 그냥 숨 쉬는 것처럼 보는 거예요.

나도 숨 쉬는 것처럼 창밖을 내다보았다. 날은 흐렸지만 따
뜻했다. 사람들의 옷차림이 가벼워지는 계절이었다.

*

몇 가지 준비를 위해 나는 오소리를 먼저 현장으로 보냈다. 현장에 도착한 오소리는 부인을 만났으며, 부인의 향수 냄새 때문에 코가 아프다는 둥 부인의 가방이 명품이라는 둥의 이야기를 전한 뒤, 허브티를 마시고 있다고 말하고는 전화를 끊어버렸다. 내가 현장에 도착했을 때 오소리는 부인을 언니라고 부르며 웃고 있었다. 부인은 우리를 그의 방으로 안내하곤 차를 내오겠다며 가버렸다. 부인이 사라지자마자 오소리가 속삭였다.

─매주 수요일마다 늦게 들어왔대요. 외도가 의심된다는데요.

나는 방을 둘러보았다. 남자는 약간의 수집벽이 있는 듯했다. 레코드판과 신문이 각각 벽을 하나씩 차지하고 있었고 남는 벽 하나는 커다란 창문이었다. 창문은 암막 커튼으로 꼼꼼히 막혀 있어, 빛이 들어올 틈이 없어 보였다. 나는 불을 껐다 켰다 하며 그 가설이 맞는지 확인했다. 창문 밑에는 화분 몇 개가 제멋대로 놓여 있었다. 다만 제대로 큰 식물이 없어 무엇을 기르고 있던 것인지 알 수는 없었다. 방 한가운데에 접이식 책상이 있었는데 그 위에 휴대전화와 노트북이 놓여 있었다. 오소리가 코를 킁킁거렸다.

　—그런데 여기, 묘하게 다른 곳보다 축축하지 않아요?

　듣고 보니 그런 것도 같았다. 나는 오소리에게 책상 위에 놓인 노트북을 켜라고 하고 늘어선 화분들을 하나하나 살피기 시작했다. 화분에는 애초에 무언가를 심은 흔적도 없었다. 이끼가 조금 끼어 있을 뿐이었다. 오소리가 노트북의 전원 버튼을 눌렀고, 부인이 찻잔을 쟁반에 담아 들고 왔다.

　—향이 좋네요.

　—직접 키운 허브예요.

　부인이 남자의 책상에 찻잔을 내려놓았다.

　—남편이 화분만 가져다 놓고 아무것도 키우지 않기에 제가 하나 달라고 해서 허브를 길렀어요. 허브는 정말 실용적인 식물이에요. 요리에도 넣어 먹고 이렇게 차로도 만들고요.

　대꾸할 말이 없어서 나는 헛기침을 조금 했다.

　—……남편은 분명히 수요일의 여자와 도망갔을 거예요. 그렇지 않고는 설명이 되지 않거든요.

　오소리는 미소를 지으며 여자를 문밖으로 몰아냈는데, 행동에 예의가 배어 있어서 우리가 뭔가 그럴듯한 일을 하는 느낌을 주었다. 그사이 나는 비밀번호가 걸려 있지 않은 노트북의 바탕화면을 살폈고 몇 번의 클릭으로 수상한 폴더를 발견했다. 뭐랄까, 보는 순간 묘하게 축축한 기분이 드는 네이밍의 폴더였다. 폴더에는 '이끼 연습 1'이라는 강의계획서가 들어 있었다. 오소리가 물었다.

─이게 뭐죠?

─매주 수요일마다 외출했던 이유인 것 같아.

─내 말은, 왜 이런 수업을 듣느냔 말이에요.

─오소리는 모르겠지만 말이야. 이끼가 되는 것이 유행이던 때도 있었어. 그때는 너도나도 '이끼가 되는 법'이라는 책을 들고 다녔다고. 그러니까 습도가 지금보다 높던 시절에 말이야.

─꼰대 같은 소리하곤. 설마 팀장님도 그런 적이 있는 건 아니겠죠? 완전 안 어울려요.

이끼라니.

오소리는 현실적인 사람이었다. 나는 오소리의 이런 면을 보고 채용했다. 이런 면이라는 것으로 말할 것 같으면 오소리를 면접할 때의 일이었다. 왜 이 사무실에 이력서를 넣었냐고 묻자 오소리는 이렇게 대답했던 것이다.

─아무래도 이 사무실은 영, 운영이 안 될 것 같았거든요. 일은 적게 하면서 정기적인 수입을 받을 수 있다는 점이 좋았

어요.

일을 적게 하는 대신 월급도 적을 것이라는 내 말에는 이렇
게 대답했다.

─최저시급 주면 그만큼 대충 일할게요. 고작 이딴 사무
실에 미래를 거는 게 아니니까요.

나는 살짝 감동했고, 다음 날 그녀에게 채용되었다는 메일
을 보냈다. 그때의 일을 생각하며 나는 이번 일 역시 오소리
에게 조언을 구하는 것이 현명하겠다는 생각을 했다.

─이봐, 오소리. 너라면 남편이 여자와 바람을 피우는 편
이 낫겠어, 이끼가 되려고 수업을 듣다가 결국 그 꿈을 이뤘
다는 편이 낫겠어.

─당연히 전자죠. 고작 이끼 따위가 되려고 보통의 삶을
저버리는 것은 멍청한 일이잖아요.

과연 오소리였다. 나는 거실로 나가 부인에게 부군께서 외
도를 한 것은 사실이며 그녀와 떠난 것이 맞다고 말했다.

─그럴 줄 알았어!

부인은 목에 걸고 있던 진주 목걸이를 거칠게 뜯으며 흐느
꼈다. 소파에 어깨를 기대고, 어디선가 많이 본 실용적인 포
즈로. 나는 저 진주 목걸이가 내가 이 집에 들어온 순간부터
그녀의 목에 걸려 있었는지가 궁금했다. 한참을 울던 그녀가

문득 고개를 들어 올렸다.

─괜찮은 변호사가 있으면 소개시켜주세요.

나는 알았다고 대답했다. 실제로 내 친구 부인의 선배는 변호사 사무실을 개업했고, 마침 이혼 전문이었던 것이었다. 게다가 그 선배는 스스로 이혼 절차를 밟았으며 반년의 조정 기간을 거친 후 현재 내 친구의 부인과 살고 있다. 하지만 이런 것까지 이야기할 필요가 없었으므로 나는 남자의 방에 있던 화분을 하나 가져가겠다고만 말했다.

*

다음 날 사무실에 출근하니 오소리는 해외여행 패키지를 낮은 가격순으로 검색하고 있었다.

─이봐, 오소리. 어디 갈 만한 데라도 있어?

─돈 없이 갈 만한 데가 있겠어요. 그냥 보는 거예요. 숨 쉬듯이.

날은 흐렸지만 따뜻했고, 건조했다. 화분엔 여전히 아무것도 자라지 않고 있었다. 근사한 이끼 군락을 기대했건만, 흙은 더욱 푸석해 보였다. 아무래도 건조한 시대니까, 하고 나는 생각했다.

2. 선물에 대한 예의를 지키는 법, 여름

아무런 사건도 일어나지 않는 날들이었다.

실종된 남자가 이끼로 발견되었던 사건, 이른바 '이끼 연습 사건'을 해결한 뒤 오소리와 나는 각자 여행을 다녀왔다. 나는 국내 남쪽 지방에서 5일 정도 머물렀고, 오소리는 베트남에 다녀왔다고 했다. 그녀는 나를 위해 자그마한 전등갓을 사다 주었는데, 전구는 들어 있지 않았다.

—전구를 사서 안에 넣으세요.

—전선은 어떻게 하고?

오소리는 약간 짜증을 냈다.

—선물에 대해 자꾸 묻는 건, 선물한 사람에 대한 예의가 아니라고요. 맘에 안 든다는 것 같잖아요.

나는 사과했고, 고맙다고도 했다.

—그런데 제 선물은 안 사 오셨어요?

여행을 가서 선물을 사 오는 것이 필수는 아니지 않느냐고 반박하려다가 나는 입을 다물었다. 마침 남쪽에서만 파는 소주를 사 와 사무실 냉장고에 넣어둔 것이 기억났으므로 그것을 꺼내다 주었다. 맘에 차는 선물이 아닌 듯 오소리의 표정은 시큰둥했지만, 앞서 선물에 대한 예의를 언급한 것이 바로 본인이었기에 작은 목소리로 고맙다고 말했다.

*

의뢰인의 전화를 받은 것은 일요일 오전이었다. 마침 나는 웬일로 일찍 일어나 해외 유명 록 밴드 퍼펙트마그넷의 보컬, 존 브라운이 사망했다는 뉴스를 실시간으로 보고 있었다. 세탁소 가는 길에 피습당해 즉사했다고, 아나운서는 따분한 말투로 전했다. 나는 텔레비전을 끄고 의뢰인의 목소리에 집중했다. 그는 침착했으나 어딘가 떨리는 목소리로 오늘 만날 수 있느냐고 물었다. 나는 언제 만나든지 상관은 없지만 일단 의뢰의 내용을 간략하게 알려달라고 했다.

─존 브라운에게 선물한 제 곡을 다시 받고 싶어요.

그가 수화기 너머에서 대답했고, 나는 순간 약간의 이명을 느꼈다. 그는 신촌의 한 지하 술집에서 만나자고 했다.

*

그가 오기 전까지 나는 맥주 한 잔을 시켜놓고, 존 브라운에 대해 검색했다. 인터넷은 이미 추모의 열기로 가득했다.

네이버 블로그에는 퍼펙트마그넷에 대한 글이 수백 개 올라왔고, 인스타그램에는 퍼펙트마그넷과 존 브라운의 사진이 #R.I.P와 함께 등장했다. 우리나라에서 딱히 이 정도로 유명하진 않았던 것 같은데, 포털 사이트들의 실시간 검색어에도 잠시 올랐을 정도였다. 마침내 의뢰인이 도착했을 때, 나는 존 브라운의 일대기를 대충이나마 숙지하게 되었고, 술집에선 퍼펙트마그넷의 음악이 계속 흘러나오고 있었다.

—혹시……

그는 공손한 얼굴로 나를 내려다보았다. 그의 인상에 주목할 만한 점은 없었다. 몇 년 전쯤 유행하던 옷차림이라는 것 외에는. 나는 서둘러 일어나 고개를 살짝 숙이며 인사를 했고, 그는 나의 맞은편에 앉았다. 의뢰인은 맥주를 주문하더니 수줍게 말했다.

—절 미친 사람이라고 생각하시겠죠. 저라도 이런 연락을 받는다면……

이라고 말하는 그의 인지능력은 매우 정상인 것 같았다. 그와 조금 대화한 결과, 그가 신촌 인근 실용음악 학원에서 강사로 일하고 있다는 것을 알게 되었다. 서른다섯 살이었고, 이름은 김민수였다. 정말 흔한 이름이군,이라고 나는 생각했다.

그는 존 브라운과 처음 연락하게 된 것이 인터넷을 통해서였다고 말하며 몇 개의 자료를 꺼내들었다. 메일 내용을 프린트한 것이었고, 영어였다. 나는 영어 독해 능력이 최악이었으므로 일단 그것을 받아두기만 했다. 마침 종업원인지 사장인지가 맥주를 가져다주었다. 할리데이비슨 마니아일 것 같은 인상으로, 귀밑부터 턱까지 수염을 기른 남자였다. 그러고 보니 이 술집도 묘하게 몇 년 전쯤 유행했을 것 같은 느낌의 장소였다.

—자기가 만든 곡을 올릴 수 있는 사이트가 있어요.

—누구라도요?

—네, 전 세계 누구나요. 어쨌든 거기에 몇 곡을 올렸는데, 그때 존에게서 연락이 왔어요.

—그게 언제죠?

—대학 기숙사에 있었을 때니까, 아마도 스무 살쯤?

대략 15년 전,이라고 나는 메모했다. 물론 메모한 것이 사건에 도움이 된 경우는 한 번도 없었지만.

—실용음악과를 나오셨나요?

—아아, 전혀 아니에요. 기계공학을 전공했는걸요.

그러면서 그는, 유명 아이돌의 곡을 몇 개 작곡했는데, 그 경력으로 실용음악 학원에서 강사로 일하고 있다고 말했다. 그 곡들이 내게도 익숙한 것들이라 나는 깜짝 놀랐다.

―그 정도의 경력이라면 존에게 선물한 그 곡은 없어도 되는 것 아닌가요?

　그러자 그는 다시 수줍게 웃으며 말했다.

　―그게…… 저는 그 곡의 작곡가가 저라는 걸 밝히고 싶은 게 아니에요. 그냥 제 삶의 무언가가 이제 완전히 떠나버려서, 아무것도 남지 않았는데, 그 무언가가 있던 시기를 추억하고 싶을 뿐이랄까요.

　그는 맥주를 들이켰다.

　―요즘 제 삶엔 정말 아무것도 없거든요, 정말. 없다는 말조차도 사라질 정도로 공허해요. 그래서 그 곡을 썼던 시절의 기억으로만 살고 있어요. 그러다가 존이 죽었다는 뉴스를 보고 생각한 거예요. 내 곡을 돌려받아야겠다고.

　―존에게는 그 곡을 어떻게 선물하게 되었나요?

　―메일을 여러 번 주고받은 후에, 그와 메신저로 새벽마다 이야기를 나누었어요. 우리는 정말 잘 맞는 친구였죠. 존은 저에게 많은 영향을 받았고, 저도 마찬가지였죠. 그때는 자면서도 멜로디가 들릴 때였어요. 우리는 매일 그런 멜로디들을 공유했죠. 그러다 어느 날 존이, 자신은 더 이상 곡을 쓸 수 없다며, 이제 아무런 멜로디도 들리지 않는다는 거예요. 무언가가 삶에서 떠나버린 것 같다고 했어요.

—허.

　　—그땐 얼마든지 더 많은 곡을 쓸 수 있다고 생각했어요. 멜로디가 사방에서 제게 흘러들어 왔거든요. 그래서 그의 생일에 선물로 한 곡 주었죠. 그는 그걸 "선물"이라는 제목으로 발표했어요. 1집 음반에 있는 곡이죠.

　　그러고 보니 이 술집에서 계속 나오고 있는 곡이었다.

　　—이제 제가 존에게 다시 선물을 받을 때예요.

*

　　다음 날 나는 오소리에게 그 서류를 건네주었다. 이미 알고 있었지만 오소리의 영어 실력은 꽤 좋은 편이었다. 오소리는 세계적으로 유명한 록 밴드 보컬의 사적인 대화를 훔쳐볼 수 있다는 것에 매우 흥분했다.

　　—예술가들의 전기에서나 보던 '뮤즈'라는 단어가 이럴 때 쓰이는 건가 봐요. 서로가 서로의 뮤즈가 되어…… 아, 낭만적이야. 어쨌든 조사 결과 존 브라운의 메일 주소와도 일치하고, 민수 씨 말은 다 사실인 것 같아요.

　　—그래?

　　—아, 이 둘이 음악 올리던 사이트가 아직도 있으려나.

오소리가 인터넷 주소 창에 서류에 적힌 사이트의 주소를 입력했고, 성인 사이트의 메인 화면이 떠올랐다. 오소리는 아쉬워하며 말했다.

—민수 씨한테 이 시기의 다른 곡도 보내달라고 하면 안 돼요?

—얘기는 해볼게.

나는 오소리에게 서류의 내용을 모두 번역해서 알려달라고 말했고, 오소리는 금방 정리해서 보내주겠다고 했다.

—아, 민수 씨가 존 브라운에게 선물했다는 그 곡, 제가 퍼펙트마그넷 앨범 중에 제일 좋아하는 곡이에요.

—난 그전엔 별 관심이 없었어.

—정말요?

—응, 딱히 음악을 찾아 듣지 않거든. 그건 그렇고 오소리, 이번엔 어떻게 생각해?

—뭘요?

—해외 유명 록 밴드의 곡이 자신의 것이라고 주장하는 남자 말이야.

—글쎄요. 서로 대화를 나눈 이 사본들을 보기 전에는 저도 미친 사람 이야기인 줄 알았어요.

—그거 말고. 곡을 돌려받는다면 그가 행복해질까? 이제

다시는 그런 곡을 쓸 수 없는데.

*

　나는 의뢰인에게 이끼가 되는 것이 평생의 꿈이었던 남자의 이야기를 들려주었다. 요즘은 이끼가 되는 것이 전혀 인기가 없는 시대인데도 고작 자신의 꿈이라는 이유로 이끼가 되어버렸다고, 그래서 그의 가족들은 이끼가 된 그를 받아들이지 못하고 실종 신고를 했다고 말했다. 의뢰인은 복잡한 표정이었다.
　—그는 고작 제 사무실 풍경의 일부가 되었답니다. 제가 화분을 가져왔거든요.
　나는 덧붙였다.

*

　출근한 오소리가 우편물 더미를 내 자리에 놓고 갔다.
　—많이 왔네요. 공과금이며 이것저것. 아, 엽서도 한 장 있었어요. 그리고…… 정말 너무하신 것 같아요.
　—뭐가?

—민수 씨에게 병원을 추천한 거요.

　—오소리, 난 늘 의뢰인을 믿어. 하지만 모든 진실이 반드시 그들을 행복하게 만드는 것은 아니잖아. 차라리 모두가 그것이 환상이었다고 말해주면 그는 이제 아무것도 없는 자신의 삶을 받아들일 거야.

　—그래도요.

　—그가 정말로 터무니없는 주장을 하는 정신병자였다면 나는 그를 입원시키지 않았을 거야. 하지만 그의 말이 진실이었기 때문에, 그럴 수밖에 없었어.

　엽서는 의뢰인이 보낸 것이었다. 앞면에 그가 입원한 정신병원의 전경이 노을을 배경으로 프린트되어 있었다. 이런 몹쓸 엽서를 만드는 정신병원이라니.

　저는 잘 있습니다. 당신 말대로 그 모든 것이 내 것이 아니었다고 생각하니 조금 마음이 편해집니다. 의사는 제게 한시라도 빨리 이전의 삶에 대한 집착을 버리라고 합니다. 이전의 삶이라고 명명하지만, 그가 제 얘기를 허구로 여긴다는 걸 알고 있어요. 마치 자신이 계란 프라이라고 믿는 환자에게 식빵을 깔아주는 것과 같은 치료법이겠죠. 저는 매일 병원 앞 공사 현장의 건물이 높아져가는 것을 지켜보고 있습니다. 아무래도 이끼가 되는 것보다는 낫겠죠. 아, 저번에 말씀하신 대로 그 시절에 쓴 곡 몇 개를 메일로 보냈습니다.

나는 그의 편지를 보관용 비닐에 넣어 오른쪽 서랍 세번째 칸에 넣어두었다. 그리고 답장을 쓰기 시작했다.

모름지기 선물이라는 것은 주고 나면 잊는 것이 예의입니다. 이젠 꿈이라든가, 아름다운 시절이라든가, 정말 끔찍한 단어지만 자아실현이라든가, 여하튼 그런 것들은 전생의 기억이라 여기며 모쪼록 정진해주세요.

까지 쓰다가 나는 종이를 구겨버리고 컴퓨터를 켰다. 메일에는 과연, 그가 보낸 곡들이 첨부되어 있었다. 나는 그 곡들을 재생했다. 음악을 잘 듣지 않는 내게도 퍼펙트마그넷의 초기 앨범보다 낫다고 느껴졌다. 만약 이 앨범이 15년 전 한국에서 발매되었다면 어떤 반응이었을까.

—민수 씨가 보낸 음악이에요?

오소리가 물었고, 나는 고개를 살짝 움직여 답했다.

*

　그날 오후, 오소리가 선물한 전등갓을 사무실에 달아보았다.

　이제 사무실에는 아무것도 자라지 않는 화분 하나와 베트남에서 온 전등갓과 그 안에 들어 있는 전구와 그에 따른 전선과 남쪽에서 파는 소주가 있게 되었다. 이러한 풍경에 고양이가 있으면 좋을 것 같다는 생각이 들었고 동시에 아, 탐정사무소에 고양이라니 너무 클리셰인가,라는 생각도 들었다. 그때 오소리가,

　―그런데 이제 궁금해졌어요. 이 사무소는 왜 열게 된 거예요?

라고 물었고, 그래, 그럼 다음 이야기는 사무소에 대한 이야기겠군,이라고 생각했다.

좀비 아빠의
김치찌개 조리법

뉴스에서는 연일 돌아오는 사람들에 대한 기사가 방송되었다.

처음에 사람들은 영화나 소설에서나 나오던 좀비가 현실에도 등장했다며 흥분했다. 하지만 그 관심은 순간적이었다. 좀비들은 기대했던 것만큼 흥미롭지 않았다. 그들은 단지 되살아났다는 것을 제외하면 달라진 게 없었다. 좀비들은 각자의 가정으로 되돌아갔고, 뉴스는 다시 성폭행과 연쇄살인 사건, 비리를 저지른 정치인들에 관한 이야기로 채워졌다.

그즈음 엄마가 교통사고를 낸 뒤 합의금을 마련하지 못해 구치소에 수감되었다. 아버지 또한 며칠째 행방불명이었다. 내 인생에서 보자면 대사건이었지만, 뉴스엔 당연히 방송되지 않았다.

　결과적으로 아버지는 실종된 지 한 달이 좀 지나 온몸이 흙
투성이가 된 채로 돌아왔다. 그날은 내 생일이었다. 나는 이
제 혼자 살게 된 집에 무인양품과 이케아 물품들을 사들여 마
음대로 꾸미고, 막 필스너 한 캔을 따서 마시던 중이었다. 아
버지는 흙을 채 털지도 않고, 타박타박 부엌으로 걸어 들어와
찬장에 있는 참치를 꺼내어 김치찌개를 끓였다. 그러고는 텔
레비전 앞에 누웠다. 주말인가, 생각하며 나는 맥주를 다 비
웠고, 비우고 나서도 아버지가 좀체 일어나지 않아 코밑에 손
을 대보았다. 미세한 숨결도 없었다. 112와 119 둘 중에 무엇
을 눌러야 할지 고민했다.

　병원의 진단에 따르면 아버지는 사망한 상태였다. 아버지
앞으로는 사망보험이 들어 있었고, 나는 약간의 기대감과 또
그만큼의 상실감으로 멍하니 병원 복도에 앉아 있었다. 그때
간호사가 짧은 탄성을 질렀다. 아버지가 몸을 일으키고는 집
에 가겠다고 한 것이다. 예정일도 아닌데 생리가 터져, 나는
간호사에게 생리대를 하나 얻었다. 간호사는 좀비를 처음 보
아 조금 놀랐다고 수줍게 말했다. 죽었다 살아난 아버지를 어
떻게 대해야 할지 몰라 나는 침묵으로 일관했다. 콧김에서 맥
주 냄새가 났다. 아버지가 좋아하던 가구를 다 갖다 버렸다는

것이 생각난 것은 퇴원 무렵이었다.

밥은 집에 가서 먹을까.

생리통 때문에 아픈 허리를 지그시 누르며 나는 물었다. 사실 묻고 싶은 것은 사망 보험금의 지급 여부였다. 사실상 아버지는 죽은 것이니까 보험금을 받을 수 있는 것 아닌지, 궁금했다. 그 돈이면 집 안의 모든 가구를 새것으로 바꾸는 것은 물론 도배장판까지도 새로 할 수 있었다. 하지만, 이제 막 살아난 사람에게 그런 것을 상의할 수는 없어서 일단은 집으로 돌아가 김치찌개를 먹었다. 늘 한결같은 맛이었고, 별다를 건 없었다.

며칠간 아버지는 다시 죽으려고 노력했다. 몇 번의 시도 끝에 아버지는 다시 일을 나가기 시작했다.

*

겨울의 중간으로 접어든 만큼 공기는 점점 더 차가워졌다.

나는 출근 전, L이 일하는 바에 들렀다. 빨간색 비즈로 된 발을 걷어내고 가게 안으로 들어가자 청바지 차림의 L이 보였다. 그녀는 맨손으로 설거지를 하고 있었다.

또 고장이야. 따뜻한 물이 안 나와.

L의 손끝이 빨갰다. 늘 오는 유통업체의 배달원이 문을 열더니 맥주 박스를 내려놓고는 명세표를 문에 끼워두고 가버렸다.

테이블에 놓고 가면 될 것을, 늘 저렇게 끼워 넣고 간다니까. 여기에 무슨 전염병이라도 도는 줄 아나.

L은 그렇게 얘기하며 익숙하게 문에서 명세표를 빼내어 테이블에 올려놨다. 테이블 위엔 양주병과 음료수 캔이 널브러져 있었다. 널브러진 고급 양주는 먼지가 더덕더덕 얹힐 동안 누구도 주문하지 않은 것으로, 나 또한 그것이 팔릴 것이라고는 전혀 생각해보지 않은 술이었다. 나는 병과 캔을 분리하여 분리수거 통에 넣었다. L이 설거지를 마치고 수건으로 손을 닦으며 말했다.

사장 언니가 어제 취해서 손님과 나가버렸어. 열쇠는 언니가 가지고 있으니까 가게 문을 어떻게 닫고 갈지 막막했거든. 그런데 카운터에, 아주 잘 보이는 곳에, 뒷일을 부탁한다는 식으로 열쇠가 올려져 있는 거야.

L은 사장 언니가 손님과 자고 싶어서 취한 척을 했다고 생각했다. 나는 딱히 동의할 필요를 느끼지 못했고, 대꾸할 말도 찾지 못해서, 잠깐의 침묵 끝에 생리 불순과 아버지에 대한 이야기를 했다. L은 다행히 흥미로워했다.

잘됐다. 내가 요즘 좀비에 관한 소설을 쓰고 있거든. 너희 아버지한테 인터뷰를 부탁하면 되겠다.

L은 위로엔 부적합한 사람이었다. 내가 위로를 받고 싶은 건지 어떤지도 솔직히 불분명하긴 했지만. 나는 인터뷰를 하는 건 상관없지만 우리 아버지가 별로 재미있는 사람은 아니라고 말해두었다. L은 딱 붙는 바 유니폼으로 갈아입고 맥주 한 병과 컵을 꺼내어 테이블에 올려두었다. 내가 병따개를 찾아 맥주를 따르는 동안, L은 맞은편에 앉아 책을 꺼내 읽었다. 이번에는 아동심리발달 관련 서적이었다. L은 항상 심리학 관련 책만 읽었다. 그런 거 읽어봤자 어차피 단 한 명의 심리도 이해하지 못할 거야, 라고 나는 말했었다. L은 자신이 왜 누군가를 이해해야 하냐며 어깨를 으쓱했다. 난 그냥 이들의 패턴이 재밌을 뿐이야, 늘 상처를 기원으로 어떤 결과가 생긴다고 말하거든, 이라는 대답과 함께.

L을 만난 것은 도형심리연구회(이름은 정확하지 않다)에서였다. 그 무렵 나는 사귀던 애인과 헤어진 상태였고, 그래서 약간의 빈틈을 내보이고 다녔던 것 같다. 거리를 걸으면 사람들은 내게 도를 아는지, 천국을 믿는지, 물었다. 설문지 작성도 여러 번 했는데 도형으로 심리를 연구한다던 남자도 그중 하나였다. 그는 내게 몇 개의 도형을 그려달라고 부탁했

다. 나는 삼각형 몇 개를 대충 휘갈겨서 돌려주었고, 그는 내가 특이한 심리를 갖고 있다며 나를 좀더 이해하고 싶다고 말했다.

딱히 할 일도 없던 나는 일주일이 지나 그가 알려준 건물로 갔다. 그곳엔 나처럼 길거리에서 도형을 그렸던 얼빠진 사람 몇 명이 앉아 있었다. 그중 하나가 L이었다. 심리를 연구한다던 남자가 신흥 종교의 전도사라는 것은 30분이 채 지나기도 전에 알 수 있었고, 뒷문으로 빠져나가다가 L과 마주쳤다. 우리는 어색한 채로 계속 같은 방향으로 걸었고, 같은 건물에서 일한다는 것을 알게 되었다. L이 말했다.

저는 소설을 쓰고 있어요. 경험이 중요하니까 이곳저곳 가보는 거예요.

L은 건물 1층에 위치한 바를 가리켰다. 간판에는 '여자 bar'라고 적혀 있었다. L은 바에서 일하는 것 또한 소설을 위한 경험이라고 했다.

L은 아동심리발달 서적에 푹 빠진 것처럼 굴었다. 줄을 긋고, 한 손으론 머리카락을 돌돌 말며 책장을 넘겼다. 맞은편에 있는 나를 의식하는 것이 분명했다. 나는 그녀가 진심으로 집중할 때는 두피를 긁는 버릇이 있다는 걸 알았다. 괜히 그

녀를 방해하고 싶어져서,

좀비에 관한 책을 좀 추천해줘. 아버지를 이해하고 싶거든. 이라고 말했다. '이해'는 L이 가장 좋아하는 단어였다. L은 메일로 리스트를 보내겠다고 했다. 원한다면 자신의 소설 앞부분을 첨부하겠다고도 했다. 나는 거절하지 않았다. 어차피 L은 자신이 쓴 소설을 매번 내게 보내왔다. 때로는 새벽에 전화를 걸어 원고지 백 매 분량의 단편소설을 낭독할 때도 있었다. 통화 중간중간에 내가 잠들었는지 확인하려고 일부러 아무 말을 하지 않기도 했고, 그럴 때마다 나는 졸다 깨서 계속해,라고 중얼거렸다.

그녀의 소설은 내가 본 어떤 글보다 재미가 없었다. 그녀는 아무런 상처도 없이 살아가는 사람들의 이야기만 줄곧 써댔다. 주인공들은 쉽게 만나고 쉽게 헤어졌고 아무것도 그리워하지 않았다. "현대를 살아가려면 상처가 없어야 해. 상처는 '하자'라고. 심리학 서적은 그 하자를 숨기는 법을 잘 알려주지." L의 소설 속 주인공은 말했다.

그녀의 소설을 생각하니 갑자기 답답했고, 술이 마시고 싶어졌다. L이 이곳에서 일한 뒤로 만취하는 손님이 늘었는데, 어쩌면 모두 한 번씩 그녀의 소설을 읽은 건지도 몰랐다. 나는 맥주 한 병을 더 꺼내와 연거푸 두 잔을 비웠다.

만 원짜리 한 장을 테이블에 올려두고 바를 나오려는데 L이
말했다.

팁을 엄청 받았을 거야, 그치.

두 층 위에 있는 나의 일터로 걸어 올라가다, 그것이 사장
언니에 대한 말이라는 것을 깨달았다. L은 팁에 예민했다. 가
게 문을 열고 들어가니 저녁 아르바이트생이 교대를 위해 정
산을 하고 있었다. 새벽의 피시방은 늘 그렇듯 작은 소음들이
뭉쳐 낮게 깔려 있었고, 단골들이 같은 자리에 앉아 있었다.

*

아버지는 손목을 그었다. 피가 찔끔 나오다가 굳어버렸다.
일을 하러 가야 했다.

아버지는 수면제를 먹었다. 일어나니 출근 시간이었다. 일
을 하러 가야 했다.

아버지는 베개로 자신의 얼굴을 눌렀다. 이미 숨을 쉬지 않
고도 잘 살아 있었다. 일을 하러 갔다.

아버지는 총을 구해달라고 했다. 총은 불법인 데다 비쌌다.
일을 하러 갔다.

아버지는 사장에게 지랄했다. 월급이 깎였다. 일을 했다.

춥다.

좀비가 된 아버지가 처음으로 한 말이었다. 나는 전기 포트에 물을 올린 뒤 따뜻한 물에 적신 수건을 아버지에게 건넸다. 집 안이 물 끓는 소리로 가득했다가 정적에 휩싸였다.

이미 오래전에 죽어버린 기분이다.

아버지는 이미 죽었어요,라고 말하지는 않았고, 나는 전기 포트로 끓인 물을 컵에 조금 따라 마셨다. 따뜻한 물이 온몸 구석구석에 퍼지는 것이 느껴졌다.

바다가 보고 싶다.

나는 내가 처음 보았던 바다를 생각했다. 아마 초등학생 무렵이었던 걸로 기억한다. 부모님과 나, 셋이 갔던 여행이었다. 그 시절 내게 각인된 바다의 이미지는 어떤 사진 속의 풍경이었다. 사진 속의 바다는 고즈넉했다. 끝없이 모래를 쓸어내는 파도, 빛으로 반짝이는 모래사장과 섬처럼 흩어진 몇몇의 사람. 검은 실루엣의 가마우지와 붉은 태양. 어린 나는 그 사진을 볼 때마다 붉은빛의 태양이 뜨고 있는지 지고 있는지 궁금했다.

어쨌든, 내가 처음 마주한 실재의 바다는 사람들의 머리통

이 동동 떠 있는 시장 통 같은 곳이었다. 각자 거리를 유지하며 섬처럼 떠 있기는커녕, 발장구를 칠 때마다 누군가의 복부나 등을 가격할 수밖에 없었다. 바다에서 나왔을 때 나는 가족이 있던 파라솔을 찾지 못해 한참을 헤맸다. 누군가 울고 있는 나를 발견하곤 미아보호소에 데려다주었지만, 부모님은 해가 지도록 나타나지 않았다. 나는 머리칼에서 뚝뚝 흐르는 물방울을 내내 바라보고 있었다. 이 물방울은 언제쯤 멈출까, 생각하며.

한밤이 돼서야 엄마가 나타났다. 아버지가 옆 파라솔에 있던 가족과 싸우는 바람에 늦었다고 엄마는 설명했다. 숙소로 돌아갔을 때 아버지는 거실 한가운데에서 잠들어 있었다. 나는 잠든 아버지에게 왜 싸움 따위를 했냐고, 이런 아버지를 둬서 부끄럽다고 말했다. 그러고는 숙소에 있는 방으로 들어가, 집에 돌아갈 때까지 아버지와 한마디도 하지 않았다. 바다는 사진으로 보는 게 훨씬 좋았다.

그때 이후로 나는 바다에 간 적이 없다. 가족 여행은 무조건 산으로만 갔다.

아버지는 바다가 보고 싶다고 한 뒤로 다시 아무 말도 하지 않았다. 나는 교도소에 수감된 엄마에게 편지를 썼다. L이 추천해준 책 중에 가장 마음에 들었던 것도 동봉할 셈이었다. 작가의 이름은 존 브라운이었다.

*

엄마의 애인은 배가 벨트에 걸쳐지는 평범한 중년 남성이었는데, '평범한 중년 남성'이라는 바로 그 점이 엄마의 흥미를 끈 것 같았다. 여기서 평범한 중년 남성엔 '어느 정도 가정에 소홀한'이 포함된다. 그가 날 보고 싶어 해서 엄마는 식사 자리에 나를 몇 번 초대한 적이 있었다. 나는 그때마다 남자의 커다란 배에 깔려 있는 엄마를 상상하게 되어 속이 좋지 않았다. 나는 엄마에게 아버지와 이혼할 거냐고 물었다. 엄마는 눈을 크게 뜨고 내게 말했다.

이혼을 왜 하니. 가족은 소중한 거야. 그리고 네 아버지는 매우 여린 사람이란다.

사고 당시 엄마는 아버지에게 거짓말을 하고 애인과 함께 바다로 가던 중이었다. 운전대를 잡은 사람은 엄마였다. 엄마의 애인은 조수석에 앉아, 집에서 챙겨 온 『7080세대를 위한 팝송』을 틀었다고 한다. 8차선 도로에 뛰어든 여자만 아니었다면, 둘은 바닷가에서 회에 소주를 마신 뒤 롱비치모텔에서 일을 치렀을 것이다. 뛰어든 마흔다섯 살의 여자는 엄마와 불륜남과는 아무 상관도 없는 사람이었다. 여자는 남편과 1년째 별거 중이었는데, 별거 중인 그녀의 남편의 말에 따르면, 절대 자살을 할 만한 위인이 아니었다. 합의를 하기 위해 간 커피숍에서 그는, 블랙박스 영상을 돌려보면 알겠지만, 차가 다가올 때 그녀가 놀라서 눈을 꾹 감았다고 말했다. 혹시 언젠가 그런 일이 일어날 걸 알고 눈을 감아버렸던 거 아닐까요. 나는 말했고, 그녀의 남편은 나를 가만히 바라보았다. 합의금은 터무니없었고, 몇 번의 조정 시도에도 그는 고집을 굽히지 않았다.

그러는 동안 엄마의 애인인 '평범한 중년 남성'은 그의 가족에게도 '평범한 중년 남성'이라는 사실을 들키게 되었다. 그의 부인과 고등학생 딸은 우리 집에 찾아와 내 머리채를 잡고 소리를 질렀다. 굳이 나한테까지 화를 내는 이유를 알 수 없었지만, 머리채를 잡히는 순간 그의 딸이 수능을 망칠 것이라는 확신이 들었다. 그러자 왠지 그들이 측은해졌고 나는 잘못했다고 빌었다. 그들이 찾아와 내 머리를 다 잡아 뜯어놨다고, 대체 바다에는 왜 간 거냐고, 내가 묻자 엄마는 연인이 여행 가는 데에 이유가 있겠냐며 어물어물 대답했다. 그러더니 갑자기 과속 카메라에 사진이 찍힐 때는 조수석을 가려주면서 사고가 났을 때는 왜 동승자를 공개하는 건지 모르겠다고 화를 냈다.

엄마와 내가 가족이 아니라 그저 같은 반 친구였다면, 과연 우리는 친해질 수 있었을까. 엄마는 예쁘고, 활달한 성격이었다. 아마도 나는 엄마를 좋아하고 엄마는 나를 신경도 쓰지 않았을 것이다. 어쨌든 이제 엄마는 '불륜을 저지르는 엄마'에서 '전과가 있는 엄마'가 되었다. 엄마는 아무래도 평범하진 않았다.

*

새벽의 피시방에선 이따금 부활에 대해 생각하게 된다.

손님들의 캐릭터들은 죽은 장소에서 하루에도 수십 번 되살아났다. 나도 그 캐릭터들처럼 새벽마다 카운터를 지켰다. 왠지 부활이라는 단어를 떠올리니 출출해서, 나는 맥반석계란 하나를 깠다. 매일 같은 자리에 앉아 같은 게임을 하는 남자는 컴퓨터 앞에 엎드려 자고 있었다. 나는 게임하는 남자의 부모를 생각한다. 정확히는 그의 부모와 그의 관계 도표인 삼각형을 생각한다. 그의 부모 중 한 명과 그의 부모의 조부모가 그리는 삼각형을 생각한다. 까마득한 삼각형을 계속 반복해나간다. 어쩌면 그와 내가 만들지도 모를 삼각형, 그와 나의 자식이 누군가를 만나서 아이를 낳으며 반복할 삼각형…… 그렇게 끝없이 부활하는 가족의 고리를 만들다 맥반석계란에 소금을 찍었다. 가족의 고리만큼이나 다양한 가족의 생활, 그 가족의 인원수만큼 다른, 그들이 꿈꾸는 가족……

그러고 보니 남자가 엎드린 지 수시간이 지나 있었다. 나는 다시금 112와 119 둘 중에 무엇을 눌러야 할지 고민했다.

아르바이트를 마치고 집에 돌아오니 아버지가 거실 천장에 대롱대롱 매달려 있었다. 아버지는 모빌처럼 나를 내려다보았다. 흔들리는 얼굴 안의 두 눈이 끔뻑거렸다. 나는 넘어진 의자를 세우고 그 위에 올라가 아버지의 목에 둘린 줄을 풀었다. 줄을 풀다가 전등을 건드렸는지 불빛이 픽, 하고 꺼졌다. 동시에 아버지도 바닥으로 떨어졌다. 나는 어둠 속을 더듬거리며 의자에서 내려가 아버지를 찾았다. 아버지가 내 손을 잡았다. 차가웠다. 나는 그 옆에 누워 중얼거렸다.

대체 뭐가 아버지를 좀비로 만든 걸까.

형광등이 느리게 두어 번 깜빡이더니 방이 다시 환해졌다.

*

L은 쉬는 날엔 꼭 목욕탕에 가야 한다고 했다.

나는 아직도 생리 중이었기 때문에 탐폰을 챙겼다. 목욕탕
은 오래되어 창이 아주 얇았기 때문에 겨울이면 언제나 수증
기가 가득했다. L은 이곳에서 아줌마들의 대화를 엿듣는 걸
좋아했는데, 오늘은 손님이 없어 조용했다. 우리를 제외하곤
젊은 엄마와 그녀의 아기뿐이었다. 우리는 탕의 모서리에 앉
아 발을 찰박였다.

살진 남자 아기는 대야에 담겨 있었다. 살이 접혀 구겨져
있는 것처럼 보이기도 했다. 대야는 아기의 잇몸 색과 비슷
한, 약간 투명한 느낌을 주는 선홍색이었다. 아기가 입을 모
으고 길게 소리를 냈다. 익숙한 소리라고 생각했는데, 그건
고양이가 우는 소리와 비슷했다. 소리는 한동안 목욕탕을 울
리다 잦아들었다.

아기는 살이 접힌 팔로 주먹을 꽉 쥐고 있었다. 또 가끔 발
을 물 밖으로 뻗었다. 그럴 때마다 물이 심하게 흔들려 아기
가 늘어났다가 줄어드는 것처럼 보였다. 아기 엄마는 아기의
머리를 한 손으로 받치고 잠시간 아무것도 하지 않았다. 아기
가 발길질을 멈추고 점점 조용해졌다. 볼록한 배가 물속으로

가라앉았다. 새끼손가락만 한 성기가 힘없이 물에 흔들렸다.

아기 엄마는 비누 거품을 묻힌 가제 수건으로 아기의 머리를 닦기 시작했다. 어쩐지 기계적인 모습이었다. 그녀는 가슴이 무릎에 눌리도록 쭈그리고 앉아 있었다. 아기는 목욕하는 내내 천장에 시선을 고정했다. 나는 아기의 시선을 좇아 천장을 바라보았다. 수많은 물방울이 맺혀 있었다. 물방울들은 뭉쳐서 방울이 되어 떨어져 내리길 반복했다. 천장을 바라보는 사이, 아기와 아기 엄마는 사라지고 없었다. 대야엔 거품이 섞여 지저분해진 회색 물만 찰랑이고 있었다. 나는 L에게 말했다.

좀비였어, 아까 그 아기 엄마.

그래? 그런데 좀비는 어떻게 구별하는 거야.

나는 잘 모르겠지만, 아기에겐 좀비인 엄마라도 있어 다행이겠다고 말했다. L은 고개를 저었다.

좀비 엄마라니. 분명히 저 아이는 자라면서 콤플렉스를 갖게 될 거야. 그리고 좀비인 여자가 아이를 키워봤자 얼마나 잘 키우겠어. 살아 있는 것도 아닌데.

L은 모처럼 흥분해서 말했다. 그러더니 갑자기 바에서 일하는 걸 그만두고 싶다고 했다.

내가 이 일을 하는 건 돈 때문이 아니잖아. 나는 소설을 쓰려고 다양한 경험을 하는 것뿐이라고.

L은 그동안 내게 몇 번이고 했던 말을 다시 반복했다. 어쩌면 그 말은 몇 번이고 자신에게 하는 말인지도 몰랐다. 사실 나는 소설을 쓰는 것보다 바에서 일하는 쪽이 L에게 더 잘 맞는다고 생각했다. L은 팁을 많이 주는 손님과는 따로 만나기도 하고 때때로 월세를 지원받기도 했다. 나는 L이 만나는 손님 중 한 명과 밥을 먹은 적이 있었다. 그는 L이 화장실에 간 사이 내게, 그녀에게 청혼할 것이라고 털어놓았다. 그의 인상은 평범했고 앞으로 배도 나올 것 같았다. 나중에 L은 그가 청혼을 했지만 거절했다고 말했다. 참 잘되었다고, 나는 말해주었다.

우리는 맥반석계란을 까먹었다. L은 좀비소설은 다 읽었냐며, 요즘은 아버지를 이해할 수 있겠느냐고 물었다. 나는 그냥 그러한 소설의 패턴이 재밌을 뿐, 역시 누군가를 이해하는 것은 불가능한 것이라고 대답했다. 다만 모든 사람이 좀비가 되는 것은 아닌데, 왜 하필 아버지인지 모르겠다고, 그건 좀 궁금하다고 덧붙였다. L은,

상처를 기원으로 어떤 결과가 생기는 거야. 잘 생각해봐.

라고 했다. 아무래도 심리학 서적을 너무 많이 읽은 것 같았다.

목욕탕을 나서서 걷는 길에 L이 전단을 하나 주워 들었다. '키스방' 광고였다.

여기선 뭘 하는 걸까, 키스?

키스만은 아니겠지.

그럼?

글쎄, 오럴 섹스?

우웩.

L이 말했다.

그건 너무 힘들겠다. 턱도 아프고. 차라리 섹스가 편하지 않겠어?

그러더니 문득 생각난 듯 말했다.

나 내일 낙태하러 가.

내일 저녁에 삼겹살이라도 굽는다는 듯한 어조였다.

*

참치김치찌개는 미스터리한 음식이었다.

아버지가 유일하게 할 줄 아는 음식이기도 했지만, 그 미스터리함은 참치에 있었다. 찌개를 끓이는 과정에서 항상 제일 큰 참치 캔을 넣는데도, 완성된 찌개에서는 참치의 흔적을 찾을 수 없었다. 나는 항상 참치를 찾아 젓가락을 휘저었다.

아버지는 먹고살 만한 가정에서 태어나, 또래보다 일찍 결혼한 편이었다. 전문대학을 졸업하고부터 다닌 중소기업이 상장 기업이 된 작년까지 같은 회사를 다녔다. 그러고는 명예퇴직이었다. 지금은 근처의 회사에서 옛날 월급의 반을 받으며 서류 정리를 하고 있다.

아버지가 중시하는 것은 식사였다. 내가 몇 시에 잤든 오전 6시엔 꼭 깨워서 아침 식사를 했다. 7시에 퇴근하여 저녁을 같이 먹고, 9시엔 뉴스를 보며 과일을 깎아 먹었다. 주말 저녁엔 꼭 참치김치찌개를 끓였다. 식사 외에도 정해진 것들은 많았다. 그중 지금까지 한 번도 거르지 않았던 것은 '격언 낭독'이었다. 10시엔 스탠드를 켠 내 방에 들어와, 가족에 대한 격언을 읽어주었다. 조금이라도 늦게 들어오거나 외박을 하면 화를 냈다. 20년이 넘도록 그랬다.

엄마와 나는 밤만 되면 잠이 안 오는 타입이었다. 처음에 우리는 숙면에 좋은 차를 마셨다. 그래도 여전히 잠은 오지 않았고, 밖에서 들리는 작은 소리에도 점점 예민해졌다. 엄마는 차 끓이기를 그만두고 화장을 시작했다. 마침내는 아버지가 잠든 사이, 몰래몰래 외출을 했다. 아침 식사 때마다 우리는 연신 하품을 했다. 엄마는 내게 말했다.

모든 것은 언젠가 시드는 거란다.

제일 큰 캔을 넣었는데도 사라지는 참치처럼, 어쩌면 모든 것의 종말은 이러한 모습이어야 하는지도 몰랐다. 연인들의 사랑이나, 신입 사원의 열정, 식어버리는 모든 것처럼. 쿠릴 열도에서 하와이에 이르는 수역을 뛰놀던 참치들이, 자신들의 100분의 1도 되지 않는 캔에 담겨, 결국 찌개 속에서 형체도 없이 사라지는 것처럼. 사라지지 않는다면 그것은 뭔가 잘못된 것이다.

아버지, 가까운 바다에 가자.

나는 말했다.

*

역에 내리면 바로 바다가 펼쳐질 거란 예상과는 달리, 시내버스를 타고 더 들어가야 했다. 보도블록의 찬기가 얇은 운동화 밑창을 타고 올라왔다. 아버지의 푸르스름한 안색 탓에 날씨는 더욱 춥게 느껴졌다. 개찰구를 빠져나와 버스 번호를 알아보고 정류장에 섰다. 아파트 단지가 들어서 있어, 근처에 바다가 있다고 상상하기 어려웠다. 아버지는 벤치 끄트머리에 앉아서 발끝을 내려다보고 있었다.

버스는 좀처럼 오지 않았다. 정류장을 지나가는 행인조차 없었다. 나는 존 브라운의 소설을 꺼내 읽었다.

소설은 DV카메라로 주변 사람들을 찍는 어떤 남자에 대한 이야기였다. 그는 어느 날 갑자기 사람들을 만나는 것이 너무나 지겹다는 생각을 했다. 속도가 맞지 않는 식사나, 재미없는 농담에 대한 웃음 같은 것들이 그를 피곤하게 만들었다. 그는 DV카메라를 구입하여 가족을 비롯한 주변 사람들을 찍었다. 그러고는 아무에게도 알리지 않고 다른 도시로 이사했다. 그는 아무 때나 자고 아무 때나 일어났다. 아주 간혹 외롭다는 생각이 드는 날엔, 자신이 찍었던 영상을 돌려보며 맥주를 마셨다. 그는 영상 속에서 재생되는 사람들을 좀비라 불렀다. 영상이 끝나면 집 안은 고요했고, 혼자였고, 모든 게 만족스러웠다.

그게 소설의 전부였다.

버스는 배차 간격 20분을 꽉 채운 뒤에 도착했다. 나는 아버지와 나란히 앉았다. 그러고 보니 아버지는 엄마가 교통사고를 낸 뒤로는 운전을 하지 않았다. 교통사고를 낸 뒤인지, 애인이 있다는 것을 안 뒤인지는 불분명했다.

중간에 아무도 태우지 않은 버스는 배차 간격만큼을 더 가서 우리를 내려주었다. 시간을 잘 지키는 버스였다.

우리가 내린 곳 주변엔 어떤 표지판도 없었다.

우리는 바다가 있을 법한 곳을 향해 걸었다. 하지만 바다가 있을 법한 곳이라는 게 따로 있는지는 알 수 없었다. 초소를 지났다. 단단한 철문이 나타났다. 나는 철문을 넘었다. 아버지가 철문을 넘는 걸 도왔다.

그리고 우리의 눈앞에 펼쳐진 것은, 파도가 아닌 얼어붙은 갯벌이었다.

갯벌은 넓었고 적나라했다. 모래사장과의 경계도 불분명했다. 바다 밑에 무엇이 있는지 모두 알 수 있었다. 섬이라 생각한 것은 바닷물이 없을 땐 그저 흙이 쌓인 것에 불과했다. 멀리 가마우지 한 마리가 보였다. 나는 지평선인지 수평선인지 모를 애매한 곳을 향해 걸었다. 가까이서 보니 가마우지는 얼어붙은 갯벌에 낀 비닐봉지였다. 뒤돌아서 아버지를 바라보았다.

저 멀리 아버지가 일그러진 삼각형처럼 보였다.

얼어붙은 갯벌에 실망한 우리는 가까운 음식점을 찾아 헤맸다. 식당 골목에는 원조 할머니 칼국수집과 원조 할머니의 아들이 하는 칼국수집과, 그 아들의 아들이 하는 칼국수집이 주르륵 늘어서 있었다. 나는 아버지를 데리고 마지막 가게에 들어가서 칼국수 두 그릇을 시켰다.

테이블 옆에는 큰 거울이 있었다. 나는 문득 내가 아버지를 아주 닮았다는 사실을 깨달았다. 칼국수의 맛은 그저 그랬다. 삼대에 거쳐 칼국수에 집착하는 이유가 뭐냐고 묻고 싶었지만, 대신 아버지에게 물었다.

아버지, 예전에 바다에서 왜 옆 파라솔 사람들이랑 싸웠어?

그건 말이다.

아버지가 말했다.

그 가족의 김치찌개 끓이는 방법이 '틀렸기' 때문이다.

아버지는 오랫동안 멈춰 있던 동영상이 한번에 재생되듯 빠르게 말을 이었다.

나는 평생을 완벽한 김치찌개를 만들기 위해 애썼다. 김치를 넣고, 기름을 뺀 참치를 볶고, 다진 마늘과 어슷 썬 고추와…… 그런 것들은 아무렇게나 하는 게 아니란 말이다. 아마 너희 엄마와 있던 그 남자도 김치찌개 끓이는 법을 모를 거란 생각이 들었다. 나는 그를 찾아갔다. 김치찌개에 대해 얼마나 아느냐고 따질 셈이었다. 그가 날 밀친 뒤론 기억이 나지 않는다. 나는 가족을 생각했다. 돌아가야 한다고 생각했다. 눈을 뜨니 흙 속이었다. 나는 자상한 남편이니까, 또 아버지니까, 주말엔 김치찌개를 끓여야 하니까, 돌아가야 한다고 생각했다. 그런데 이젠 갑자기 김치찌개를 어떻게 끓이는지 모르게 되었다. 그래서 죽으려고 했지만 자꾸만 살아나버렸다.

내내 춥다가 갑자기 따뜻한 곳에 들어와선지 자꾸만 졸렸다. 아버지가 격언을 읽어주던 밤들이 생각났다. 화장실에 다녀오자 아버지는 사라져 있었다. 나는 바다 근처를 한 바퀴 더 돌아보았다. 아버지의 모습은 보이지 않았다. 멀리서 본 바다엔 그럴듯한 석양이 지고 있었다.

전철을 타고 돌아오는 길에 어릴 때 본 시트콤이 떠올랐다.

아주 어릴 때라 제목도 내용도 기억나지 않는데, 불현듯 그 가족 구성만이 떠오른 것이다. 그 가족의 아버지는 프랑켄슈타인이었고 어머니는 뱀파이어였으며 막내아들은 늑대인간이었다. 더 황당한 것은 큰딸은 인간이라는 점이다. 나는 아버지에게 이 얘기를 해주지 못한 것을 후회했다.

아버지, 우리는 서로에게 모두 다른 괴물이야. 어떻게 완벽할 수 있겠어.

생리는 여전히 멈추지 않았다.

*

아버지가 달려갔다. 바닷물이 밀려들었다.

아버지가 달려갔다. 바지가 젖었다.

아버지가 달려갔다. 모레가 월급날이라는 것을 깨달았다.

아버지가 달려갔다. 내일이 주말이라는 것을 깨달았다.

아버지가 돌아왔다. 주말엔 참치김치찌개지, 하고 내게 말
했다.

나는 되살아난 아버지에게 이제 김치찌개는 좀 관두세요,
라고 정중히 부탁했다.

탐정과 오소리의 사건 일지
—밤을 무서워하지 않는 아이, 가을

며칠 새 기온이 많이 내려갔고, 빌딩과 빌딩 사이에서 고양이가 계속 울었다. 하늘이 늘 황색인 계절이었다. 나는 이끼가 된 남자와 유명 록 스타에게 선물한 곡을 되찾고자 한 남자의 사건을 해결한 뒤로는 별다른 일 없이 지내고 있었다.

추위에 약한 오소리는 시들시들해진 채 "이대로라면 겨울이 올 때쯤 동면해버릴 거"라고 사무실의 난방 시스템에 대해 투덜거리며 출근을 이어갔다.

—새끼 고양이인 것 같아요.

—응?

—빌딩 사이에서 우는 애요.

우리는 창문 밖을 내다보았다. 건물끼리 딱 붙어 있어서 고개를 빼기가 힘들었고, 그 사이를 실외기들이 다닥다닥 채우고 있어서 땅이 보이지 않았다.

　—봤어?

　—아뇨. 하지만 울음소리가 딱 아기잖아요. 미요, 미요.

　오소리가 미워, 미워, 하는 것 같아서 나는 약간 웃었다. 그때 현관에 달린 풍경이 작게 울렸다. 문 앞에는 한 소년이 울상을 지은 채 서 있었다. 오소리가 소년을 못마땅한 표정으로 바라보았다. 소년은 오소리의 눈초리에 주눅이 들었는지 살짝 뒷걸음질을 치더니 가방에서 구겨진 종이 하나를 꺼냈다.

　—이걸 보고 찾아왔어요.

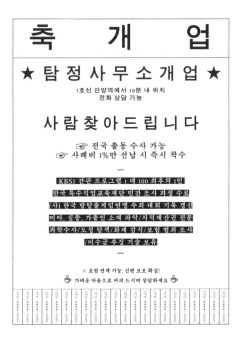

지난 늦여름, 오소리와 내가 만들어서 동네에 붙이고 다녔던 전단지였다. 오소리가 종이를 들여다보더니 불쑥 화를 냈다.

—얘, 이건 이 밑에 전화번호만 뜯어 가라고 만든 거야. 네가 이걸 다 가져오면 다른 사람들이 이 내용을 못 보잖니!

—죄송해요.

소년은 목이 사라질 것처럼 어깨를 움츠렸다. 나는 일단 소년의 손을 잡아끌어서 접객용 테이블에 앉혔다.

—일단, 뭘 좀 마실래?

소년의 손이 축축한 탓에 나는 재빨리 소독제로 손을 닦아냈다. 왜 아이들의 손은 항상 축축한 걸까. 벌써부터 귀찮았다.

*

소년은 낡은 보석함을 꺼냈다. 외관은 금으로 도색되어 있었는데, 군데군데 칠이 벗겨져 초록빛을 띠고 있었다. 장식이 없는 뚜껑을 열자 역시나 낡아서 보풀이 인 붉은 벨벳 천이 나왔다. 안에 들은 건 없었다.

—그런데 정말 「1 대 100」에서 최후의 1인이셨어요?

─응.

섭외의 난항을 겪다 못한 후배가 연락이 끊긴 지 오래인 나에게까지 섭외를 부탁해왔던 프로그램이었다. 우승 상금은 426만 원이었고, 그것을 사무실 보증금에 조금 보탠 뒤, 남은 돈으로 오소리와 치킨을 시켜 먹었다. 어쨌든 나의 단답형 대답에 소년은 신뢰의 눈길을 보냈다. 역시 공중파가 이렇게도 중요하군, 나는 생각했다.

─이건 엄마가 두고 간 보석함이에요.

묻기 싫었지만 물을 수밖에 없었다.

─엄마가 어디 가셨는데?

─이제 더 이상 보이지 않아요.

이상한 대답이었지만 하늘나라가 아니라 다행이라는 생각이 순간 들었다. 아니 다행인 건가,라는 생각도 잠시, 오소리가 가까이 다가오더니 팔짱을 낀 채 보석함을 물끄러미 내려다보았다.

─뚜껑에 붙어 있던 보석이 떨어졌네?

─맞아요!

소년의 얼굴이 밝아졌다. 내게 신뢰의 눈빛을 보낸 것과 달리 오소리에게는 존경의 눈빛을 보냈다.

─이분도 「1 대 100」에……?

—아니, 이분은······

—난 그냥 오소리란다.

오소리가 팔짱을 낀 채 싱긋 웃으며 대답했다.

*

소년의 얘기는 이랬다.

소년의 어머니는 원래도 아주 흐릿한 사람이었다. 몸체도 흐릿하지만 그림자도 매우 흐려서 낮에 함께 놀이터에 가면 다른 어머니들의 그림자와 확연히 차이가 났다. 바람이 훅 불면 마치 그림자가 흔들리는 것처럼 보였다고 말했다. 그것 때문에 자신을 잘 안아주지 않았고, 멀리서 바라보기만 했다고도 덧붙였다. 아버지는 온갖 한약을 지어서 어머니에게 먹였는데, 그래도 소용이 없었다. 소년의 어머니는 어느 날 소년에게, 어떤 것은 영원히 빈 채로 남는 거란다,라는 이야기를 해주었다고 한다. (이 대목에서 오소리는 "이끼 사건과 같은 것일까요?" 하고 물었고 나는 "비어 있다는 것과 다른 생물이 되는 것은 조금 다른 것 같아"라고 대꾸했다.) 소년의 어머니는 어릴 때부터 소년에게 많은 이야기를 해주었는데, 대부분이 요괴 이야기였고, 덕분에 소년은 밤을 무서워하지 않으며 자랐다.

어머니의 상태가 좀 괜찮았을 때, 그러니까 좀더 선명한 상태였을 때, 소년과 함께 황학시장에 간 적이 있는데, 그곳에서 이 보석함을 샀다고 했다.

—엄마는 골동품을 좋아했어요. 오래된 물건에는 무언가 깃들어 있을 거라고도 했어요.

어쨌든 소년의 어머니는 점점 흐릿해진 채로 어디에도 나가지 않고 집 안만을 배회했는데, 소년이 마지막으로 본 모습은 베란다에 기대선 채로 아래를 내려다보고 있는 희미한 형체였다. 그리고 그날 보석함의 장식이 사라졌다. 소년은 그 장식을 찾아달라고 했다.

—어떻게 생긴 거였는데?

—조그만 고양이 장식이었어요. 초록색 눈을 가진.

—그렇구나.

오소리가 대답했다. 여전히 팔짱을 낀 채로 싱긋 웃고 있었다. 오소리는 웃을 때 가장 냉정하고 현실적이었다. 오소리는,

—그런데 우리는 아주 바쁘단다. 사방에서 우리를 찾는 연락이 오거든. 전문 탐정소니까.

라고 답했다.

*

그날 아무 데서도 연락이 오지 않았고(스팸 전화조차!), 소년도 귀가할 기색이 보이지 않아서, 우리는 조금 일찍 사무실을 정리하고 소년의 집으로 함께 갔다. 장식을 찾아주겠다고 말은 했지만, 사실 집에 얼른 돌려보내려고 한 말이었다. 소년의 집은 안양역에서 가까운 곳에 위치한 아파트로, 오소리와 내가 전단지를 붙였던 전봇대가 아파트 입구에 있었다. 입구를 지나자 3층짜리 상가가 나왔고, 1층에 있는 작은 슈퍼에선 할머니 한 분이 졸고 있었다. 어딘가에 태권도 학원이 있는지 기합 소리가 들렸다. 오소리가 소년에게 저 슈퍼에 자주 가느냐고 물었고 소년은 그렇다고 대답했다. 오소리가 성큼성큼 슈퍼 안으로 들어갔다.

—할머니, 혹시 고양이 보석 보셨어요?

졸다 깬 할머니가 부은 눈으로 오소리를 멀뚱히 올려다보다가, 깔고 앉은 전기장판의 온도를 줄이더니 덮고 있던 이불에 손을 넣고 헤집기 시작했다. 설마 이렇게 바로 찾을 수 있는 것인가 했더니, 이불 속에서 나온 것은 하얀 몰티즈였다.

—우린 개밖에 안 키워. 고양이는 눈이 무서워서, 원.

몰티즈는 할머니처럼 잠이 덜 깬 눈을 간신히 들어 올리더

니 왈왈왈, 짖어댔다. 짖어대더니 할머니를 보고 낑낑, 거리
다가 다시 왈왈왈, 짖기를 반복했다. 소년이 괴현상을 목격한
것처럼 뒷걸음질 치자 오소리가 물었다.

— 동물 싫어하니?

— 아뇨. 하지만 개보단 고양이가 더 좋아요.

오소리의 눈이 순간 빛났다.

— 알레르기도 없고?

— 가족이 다 함께 고양이 카페에 간 적 있었는데 괜찮았
어요.

— 그러고 보니 아버지는 뭐 하시지?

내가 묻자 할머니가 여전히 졸린 목소리로 답했다.

— 물건을 안 살 거면 나가줘. 자동문으로 바꾼 뒤론 자꾸
열렸다 닫힌다고.

*

우리는 초코우유를 사서 편의점 파라솔 아래 모여 앉아 소
년의 아버지를 기다렸다. 방금 전 쫓겨났던 슈퍼의 불빛이 모
퉁이 사이로 슬쩍 보이는 곳이었다. 소년은 이 편의점이 아버
지가 귀가하는 길목에 있다고 했다.

―흠, 역시 동네 슈퍼는 편의점에 안 되는 건가.

라는 내 말이 끝나기 무섭게 바바리코트를 걸친, 길쭉한 얼굴
의 남자가 소년을 향해 알은체를 했다. 내내 땅만 보고 걷는
것 같았는데 어떻게 알아볼 수 있었을까, 하는 의문도 잠시였
다. 남자는 소년에게 우리가 누군지 설명해달라는 눈치를 보
냈다. 소년은,

―탐정님들이셔.

했고,

―엄밀히 말하면 제가 탐정입니다. 이쪽은……

이라고 말하자,

―오소리예요.

라고 오소리가 대답했다. 뭔가 진 기분이었다. 탐정과 오소
리라니. 둘 중 대단한 쪽을 고르라면 확실히 탐정보단 오소리
쪽이었다. 하지만 애써 내색하지 않으려고 어색한 미소만 지
었다.

소년의 아버지는 우리를 자신들의 아파트로 안내했다. 집
안은 단출했다. 방이 두 개 있었는데 그중 하나가 소년의 방
이었다. 책상엔 풀다 만 학습지가 펼쳐져 있었고, 침대 위의
이불은 잘 정돈되어 있었다. 책장에는 한국 설화와 전래동화
책들이 꽂혀 있었다. 소년이 책 하나를 보여주며 말했다.

—호랑이가 되어서 찾아온 형제 이야기 알아요?

—응, 저주로 호랑이가 되었기 때문에 가족들이 보고 싶어도 올 수가 없었다는 얘기 맞지?

—네, 맞아요. 제가 제일 좋아하는 얘기예요.

책 삽화의 호랑이는 거의 고양이처럼 귀엽게 그려져 있었다. 소년의 아버지는 소년에게 씻고 잘 시간이라고 이야기했다. 소년은 하품을 하며 욕실로 들어갔고 소년의 아버지는 우리에게 차를 끓여주겠다고 했다. 전기 포트 대신 주전자로 끓이는지 가스 불을 켰고 순간 집 안이 따뜻해지는 기분이었다. 주전자가 삐이익 하고 울 때, 소년이 욕실에서 나왔다. 잠옷 차림이었다.

—자, 이제 자야지?

소년이 고개를 끄덕이더니 나를 바라보며 말했다.

—탐정님, 부탁드릴게요.

나 대신 오소리가 주먹을 쥐고 파이팅 포즈를 취해주었다. 소년의 방문이 달칵, 닫혔다.

*

컵에 물을 따르자 티백이 조용히 떠올라 흔들렸다.

―아이의 엄마는 우울증이었어요.

　원래도 우울증이 있어서 치료를 받았는데, 소년을 낳고 나
서 증세가 더 심해졌다고 했다. 원체 말이 없고 조용한 사람
이었는데, 출산 이후엔 더 말이 없어졌고, 야외 활동이 줄었
다고, 남편인 자신이 할 수 있는 것은 아무것도 없는 것처럼
느껴졌다고 말했다. 임신과 출산의 과정은 오로지 그녀의 인
생처럼 느껴졌다고, 그전엔 그녀의 인생의 일부를 대신할 수
있는 기분이었는데 더는 그렇지 않았다고.

　―주변 사람들 모두가 아이를 가지면 좋아질 거라고 했어
요. 우리의 인생에 결핍이 있어서 그녀가 더 우울한 거라고.
하지만 결국 틀렸죠. 그때 왜 나도 그렇게 생각했는지 모르겠
어요.

　오소리는 할 말이 있는 표정이었지만 아무 말도 하지 않았
다. 그저 슬쩍, 아이의 방을 바라볼 뿐이었다. 소년의 아버지
는 차를 마셨다. 아이의 엄마가 아이를 사랑하는 것 같긴 했
지만 동시에 매우 버거워 보였고 결국 자신이 일을 그만두고
집에서 머물게 되었다고도 했다.

　―하지만 제가 집에 있게 되면서 그녀는 점점 더 불편해
보였어요. 그녀는 혼자 쉬고 싶다고 했어요. 저는 아이를 데
리고 한 달 정도 이곳저곳으로 여행을 다녔죠. 여행이 끝난

뒤에 다시 일을 시작했는데 아이를 데리고 다닐 수 있었어요. 물건을 떼서 이곳저곳에 납품하는 일이라 아이를 차에 태우고 다녔지요.

소년의 어머니는 상태가 꽤 호전된 것처럼 보였다고 했다. 아이를 데리고 시장에 다녀오기도 했고, 책을 좀 읽어주기도 했다. 그때 보석함을 사 온 것 같다고, 아이는 그 보석함에 작은 인형들을 넣어두곤 했는데 어머니가 사라진 이후로는 보석함을 모두 비운 채 항상 지니고 다닌다고 했다.

—그래서, 지금 부인은……?

—자살이었습니다. 모두가 잠든 새벽에 베란다에서. 아이는 그 사실을 받아들이지 못하는 것 같아요. 우울증에 걸린 상태가 아이에겐 흐릿해졌다는 이미지로 남게 된 것 같아요.

그 뒤로는 꽤 오래 적막이 흘렀다. 우리는 슬슬 짐을 챙겼고 돌아갈 타이밍을 엿보았다. 남자는 생각에 잠긴 듯하더니 문득,

—아, 오늘 아이와 함께해주셔서 감사합니다.

라고 말했다. 회색의 아파트 현관문을 밀고 나갈 때 오소리가 물었다.

—동물 좋아하시나요?

남자는 잠시 생각하더니 말했다.

─무척 좋아하죠. 어렸을 땐 항상 동물을 키웠거든요.

현관문은 묵직하게 열릴 때와 다르게 닫힐 땐 텅 빈 듯한 소리를 냈다.

*

다음 날 출근했을 땐 비가 조금 내리고 있었다. 미세먼지가 뒤섞인 비라서 나는 정수리를 약간 걱정했고, 사무실에 도착했을 땐 빌딩 사이의 고양이를 걱정했다. 오소리는 약간 늦어질 것 같다고 했다. 날이 추워져서 점점 잠이 많아진다고도 덧붙였다. 나는 어쩌면 겨울이 되면 오소리가 더 이상 이 사무실에 나오지 않을 수도 있겠다고 생각했다.

커피를 내리고 실외기로 빼곡한 창 아래를 내려다보았다. 아직 거기 있는 걸까. 나는 창문을 열고 미요, 미요, 해보았다. 조용했다. 아직 그렇게까지 춥지는 않으니까 죽지는 않았겠지. 그런 생각을 하며 커피를 반쯤 비웠을 때 오소리가 양손 가득 짐을 들고 사무실 문을 열었다.

─그게 다 뭐야?

─고양이 모래랑 화장실이요.

─고양이 키우게?

오소리의 후드 집업 안에서 미요, 하고 작은 소리가 나더니 초록 눈을 가진 까만 고양이의 얼굴이 쏙 올라왔다.

—출근길에 마중 나왔더라구요. 집사를 고를 선택권을 주기로 했어요.

오소리가 말한 대로 새끼였다. 태어난 지 얼마나 되었는지는 잘 모르겠지만 내 손바닥보다 조금 큰 크기였다. 고양이는 사무실 바닥으로 폴짝 뛰어내리더니 내게 다가와 다리 부근에 한참 머물며 냄새를 맡고는 다시 오소리에게로 돌아갔다.

—탐정님은 아닌가 봐요.

이럴 수가. 또 진 기분이었다. 어차피 키울 생각은 없었지만, 선택받지 못하는 것은 언제나 슬프니까. 나는 손을 뻗었다.

—다시 한번 고려해보라고 전해줘.

고양이는 나를 흘끗 보더니 내 의자 등받이에 발톱을 박고 쑤셔댔다. 누구라도 알아볼 수 있는 의사 표현이었다.

—사실은 제가 데리고 가려 했는데 그 전에 선택지를 한 군데 더 보여주려구요.

부동산업자 같은 말이었다. 고양이는 어제 소년이 앉았던 접객용 테이블에 올라가 해가 가장 잘 드는 곳에서 몸을 웅크리더니 이내 졸기 시작했다. 그 모습을 보고 있자니 나도 하품이 나왔고, 까무룩 졸았다. 졸면서 꿈을 꾸었다. 빌딩 사이에 끼어서 옴짝달싹 못 하는 상태로 바둥대고 있었는데 몸이 매우 투명한 여자가 다가오더니 미요, 하고 울었다. 그러자 순식간에 몸이 풀려나고 잠에서 깨어날 수 있었다.

깨어나서 본 사무실은 텅 비어 있었고 어두웠다. 얼마나 잔 것일까. 고양이도 오소리도 보이지 않았고 고요했다. 누군가 사무실 계단을 오르는 소리가 들렸다. 어둠에 익숙해지려고 눈을 크게 뜬 채 현관을 바라보자 바바리코트 차림의, 얼굴이 길고 우울하게 생긴 남자가 들어왔다.

—계셨군요!

—아, 네. 있었지요.

—고양이 화장실을 좀 가지러 왔습니다. 모래도요.

나는 고양이가 어떤 집을 선택했는지 알아차렸다. 그는 양손에 고양이 화장실과 모래를 들고 사무실을 나가려고 했다. 나는 나가려는 그의 등을 향해 말했다.

—가끔은 한 남자가 이끼가 되기도 하죠. 어떤 보석은 고양이가 되기도 하고요.

남자가 고개를 끄덕이며 희미하게 웃었다.

*

    다음 날 출근한 오소리의 핸드백에는 초록색 눈을 한 고양이 브로치가 달려 있었다. 보석함에서 사라졌다는 그 장식이 딱 저 크기겠군, 이라고 생각하며 물끄러미 쳐다보자 오소리가 당황한 표정으로 묻지도 않은 말을 했다.

    —사례금 대신이에요.

    이번 사건은 전부 오소리가 해결했으므로 나는 마음대로 하라고 했다. 브로치에서 조그맣게 미요, 하는 소리가 들린 것도 같았다.

흔한,
가정식 백반

1.

차선 변경은 생각보다 어려웠다. 우측 깜빡이를 켜고 한참
이 지나서도 옆 차선으로 끼어들지 못했다. 지나친 휴게소만
두 개였다. 조수석에 앉은 고목 이모가 창문 밖으로 손을 뻗
어 흔들었다. 이모, 이모 손이 사이드미러를 가리고 있어. 내
말에 고목 이모가 멋쩍은 듯 손을 치웠다. 고목 이모는 무릎
에 손을 가지런히 올리고는 한동안 조용했다. 나는 뒷좌석을
흘끔흘끔 보았다. 엄마는 내내 머리를 찧으며 자고 있었고,
103호 이모는 창밖만 바라보고 있었다. 103호 이모의 표정이
왠지 비장하게 느껴져 나는 핸들을 꾹 쥘 수밖에 없었다.

겨우 휴게소에 도착했을 때, 103호 이모는 입맛이 없다고 했다. 그래도 고목 이모는 튀김우동 네 개를 시켰고, 우동 네 그릇은 깨끗이 비워졌다. 103호 이모의 그릇엔 국물도 남지 않았다. 잠이 덜 깬 표정으로 엄마가 103호 이모에게 물었다. 대전엔 대체 왜 들르자는 거야? 103호 이모는 입술을 한 번 깨물고는 대답했다. 만날 사람이 있어.

　여행의 최종 목적지는 바다였다. 최근 나는 3년간 만났던 남자와 헤어졌다. 또래의 연인들이 할 법한 평범한 연애와 헤어짐이었다. 헤어지던 날 남자와 나는 단골 술집에서 닭똥집을 먹었다. 그는 내게, 우리가 헤어지는 건 네 인생에 아무 영향도 끼치지 않을 거야,라고 했다. 사실이었다. 정말로 나는 잘 지냈다. 가끔 지난날을 돌이켜보아도 내 인생에는 사건이랄 게 없었다. 마음을 잠식할 만한 거대한 일들은 모두 다른 사람들에게 일어나는 것만 같았다.

　반면에 엄마와 이모들은 나를 과하게 위로했다. 내가 닭똥집을 먹고 싶다,라고 중얼거리면(실제로 나는 남자보다 그 술집의 닭똥집이 더 자주 생각나곤 했다) 고목 이모는 매운 닭발을 만들어주었다. 원래 남자가 떠나면 먹고 싶은 게 많아지는 법이란다. 먹을 것을 자꾸만 갖다 주는 고목 이모 때문에 나는 3킬로그램이 쪘다. 고목 이모는 나를 살찌우는 걸로는 모자랐는지 여행을 계획했다. 맛있는 것도 먹고 이왕이면 해돋이도 보는 게 좋겠어. 고목 이모는 바로 103호 이모에게 함께 가겠느냐고 물었고, 103호 이모는 잠시 생각하다 대답했다. 대신, 볼일이 있으니 대전에 들러야 해.

이모들을 처음 만난 곳은 24시간 여성 전용 사우나였다. 간판엔 궁서체로 '여성한증'이라고 적혀 있었는데, 가끔 '간증'처럼 발음되기도 했다. 고목 이모를 먼저 만났고, 103호 이모는 그다음이었다. 엄마와 나는 일이 없는 날엔(일이 없는 날이 대부분이었다) 그곳에 가서 시간을 보냈다. 여성한증에선 대부분 두 가지 호칭으로 관계가 정리되곤 했다. 언니 혹은 이모. 그 앞에는 별명이 붙게 마련이었는데, 별명이 만들어지는 데엔 아무런 이유도 없었다. 고목 이모의 별명은 엄마와 이모가 만나는 순간 생겼다. 이모가 여성한증의 문을 열고 들어오는 순간 엄마는 탄성을 질렀다. 아, 고목처럼 크다. 식혜 이모도 좌욕 이모도 그 탄성에는 고개를 끄덕일 수밖에 없었다.

103호 이모를 만난 것은 그로부터 약 4개월 뒤였다. 이모는 그동안 옆 동네 사우나에 다니다가 그쪽 고스톱 멤버들과 싸운 뒤로 이곳에 왔다고 했다. 103호 이모를 처음 본 날도 이모는 고스톱을 치고 있었다. 그날 여성한증은 한산했다. 명절 전날이었기 때문이다. 명절 전날 전도 부치지 않고 한가하게 한증씩이나 하는 여자들은 집에 남자가 없기 마련이었다. 그리고 그런 여자들에 속하는 우리는 오전부터 모여 때를 밀고 마사지를 받고 부항까지 붙이며 해가 넘어가길 기다렸다. 더이상 할 게 없자 엄마와 고목 이모는 식혜를 마시며 한증막이 다시 지펴지길 기다렸고, 나는 엎드려서 휴대전화로 게임을 했다. 도저히 다음 스테이지로 넘어가질 않았다. 나는 한 개의 목숨을 더 소비했다. 구석에서는 처음 보는 이모 두 명이 나른하게 점당 백 원짜리 맞고를 치고 있었다. 한 명은 눈썹 문신이 진했고, 다른 한 명은 별 특징이 없었다. 별 특징이 없는 이모 앞에 지폐 몇 장과 동전들이 수북이 쌓여 있었다. 고목 이모가 고스톱 판을 기웃거리다가 말했다. 우리도 끼워줘요. 오늘따라 시간이 안 가네. 눈썹 문신이 진한 이모가 대답했다. 난 남편 제사라서 가봐야 해. 몇 개의 동전을 모아 그녀가 일어나자, 특징 없는 이모가 우릴 가리켰다. 네 명이면 딱 맞네, 한 명이 광 팔고. 우리는 녹색 담요 주위로 둘러앉아, 한증막의 열기가 다시 지펴지고 꺼질 때까지 고스톱을 쳤다. 특징 없는 이모는 내리 지다가도 한 번씩 크게 먹었다. 그녀가 화투짝을 내려놓으며 말했다. 다들 날 103호라고 불러. 그날

부터 우리는 함께 한증을 하는 사이가 되었다.

알고 보니 103호 이모는 우리 가족과(그래 봤자 엄마와 나뿐이었지만) 같은 건물에 살고 있었다. 나는 태어나면서부터 이 집에서 쭉 살았지만 103호 이모를 본 적은 없었다. 건물주와 세입자들이 몇 번 바뀌는 동안 이웃과 친하게 지낸다는 것이 얼마나 부질없는지 깨달았기 때문이다. 이 건물에서 오래 사는 사람은 없었다. 이곳은 다른 곳으로 가기 위한 베이스캠프 같은 거였다. 사람들은 계약이 만료되면 모은 돈과 보증금을 합쳐 아파트나 다른 지역으로 떠났다. 나는 이곳에서 한 번의 장례식과 한 번의 자살 소동을 겪었다.

자살 소동을 벌인 것은 당시 나와 같은 고등학교에 다니던 여자애였다. 같은 학교에다 같은 건물에 사는 동갑내기였지만, 우리는 결국 친해지지 않았다. 대신 나는 그 애의 동생과 자주 놀았다. 함께 떡볶이를 먹거나 만화책을 빌려 보기도 했다. 동생은 내게, 언니를 이해하려고 해선 안 된다고 했다. 어떤 사람들은 자신의 사건을 독보적인 걸로 만들고 싶어 하거든. 하지만 말해줄까. 언니는 사실 언니가 좋아하던 가수가 은퇴한대서 그 난리를 친 거야. 그 집은 자살 소동을 벌인 딸이 대학에 붙자 이사를 갔다.

죽은 사람은 알코올중독이던 사십대 여자였다. 유치원에

다니던 여자의 딸은 늘 술병이 든 비닐봉지를 들고 다녔다. 여자의 장례식이 끝나자 누군가가 그녀의 딸을 데려갔다. 그 곳은 한동안 비어 있다가 103호 이모의 집이 되었다.

103호 이모는 혼자 살았다. 누가 봐도 반지하였지만, 집주 인은 지대가 높아서 1층이나 다름없다고 우겼다. 이모는 그 집을 계약한 날의 느낌을 몇 번이나 생생하게 들려주곤 했다. 신발 속으로 눈이 푹푹 들이치는 날이었다고 한다. 추위에 떨 며 부동산업자와 길을 헤매던 이모는 그 집에 들어가자마자 노곤해지는 걸 느꼈다. 이모는 부동산업자에게 당장 계약하 겠다고 말했고, 그는 바로 서류를 준비했다. 서류에 서명을 하면서도 이모의 머릿속엔 그 집에 얼른 이불을 깔고 눕고 싶 다는 생각뿐이었다. 나중에 알고 보니 그 집이 따뜻했던 이유 는 곰팡이 때문이었다. 곰팡이를 없애기 위해 집주인이 보일 러를 항상 고온으로 맞춰두었던 것이다. 이모는 겨울만 되면 곰팡이와 가스 요금에 시달렸다.

2.

톨게이트를 통과할 때, 차를 바싹 붙이지 못한 나는 표를 뽑기 위해 차에서 내려야 했다. 뒤로 늘어선 차들이 일제히 클랙슨을 울려댔다. 표를 뽑아 다시 차에 올랐을 때, 고목 이모는 휴게소에서 산 맥반석오징어를 뜯고 있었다. 나는 기어를 옮기며, 그냥 기차를 타고 가자고 우길 걸 그랬다고 후회했다. 넷 중에 운전면허가 있는 사람은 나뿐이었다. 차가 출발하자 고목 이모가 내게 오징어를 뜯어 주었다. 오징어는 내가 알아서 입에 넣어줄 테니까, 넌 운전에 집중해. 오징어는 좀 질겼다. 내게 고목 이모는 엄마보다 더 엄마 같은 데가 있었다.

고목 이모는 내가 대학에 붙자마자 운전 학원에 다녀야 한다고 주장했다. 엄마가 시큰둥하자 심지어 강습료의 반을 대겠다고 했다. 정작 이모는 면허 시험에 다섯 번이나 떨어진 사람이었다. 필기는 최고점으로 합격했지만 언제나 실기가 문제였다. 이모는 마지막으로 실기 시험을 볼 때 나를 데려갔다. 나는 대기실에서 이모가 운전하는 모습을 지켜봤다. 이모의 차는 열 번도 넘게 급브레이크를 밟았고, 결국 중간에 멈추었다. 강사가 이모를 대기실까지 데려다주었다. 이모는 시험장을 나오면서, 땀이 나서 속옷까지 다 젖었다고 했다. 나는 이모에게 사우나를 자주 해서 땀구멍이 열린 거 아니냐고 말하고 싶었지만 참았다.

그에 반해 나는 면허를 (당연히) 한 번에 땄다. 면허증이 발급되던 날, 우리는 한증막에 가서 땀을 뺐다. 고목 이모가 '박사'를 샀다. 나는 박카스와 사이다를 섞어 먹는 건 좋지 않다고, 기사까지 보여주며 열변을 토했지만 여성한증에서 과학이나 논리 따위는 먹히지 않았다.

이번 여행에 꼭 차를 타고 가야 한다고 주장한 사람은 당연히 고목 이모였다. 이모는 렌터카 회사에 전화를 걸어 내비게이션 대여부터 자동차의 연료 공급 방식에 대해 물어보기까지 했다. 나는 그때까지도 기차를 타자고 졸랐고, 엄마와 103호 이모는 뭘 타고 가든 별 상관이 없다고 했다. 103호 이모는 대전에 있는 행복식당에만 들르면 된다고 덧붙였다. 고목 이모는 내게 행복식당을 검색해보라고 시켰다. 검색 첫 줄에 누군가의 리뷰가 나와, 우리는 머리를 맞대고 글을 읽었다. 전국의 맛있는 식당을 돌아다니며 평가하는 게 취미인 사람인 듯했다. 그는, "가정식 백반집입니다. 맛은 그냥 집에서 먹는 거랑 똑같네요"라고 적었다. 우리는 약간 실망했지만 103호 이모의 의견에 따라 주소를 잘 적어두었다.

고목 이모는 여행 수첩에 예상 경비와 이동 수단, 가져가야 할 것들을 적었다. 이모는 친구들과 여행을 가본 적이 한 번도 없다고 했다. 이모는 여행보다 여행 준비를 더 즐거워하는 것처럼 보였다. 어린 시절 본 외국 영화에서의 파자마 파티가 생각난다며 파자마를 사기도 했다. 그리고 마지막엔, 자동차를 사 왔다. 빌리는 것보다 더 싸다는 그 자동차는, 오래된 것은 둘째치고 금색이었다. 언젠가 타게 되리라고 생각했던 차와는 많이 달랐으므로, 차를 마주한 나는 조금 어색해질 수밖에 없었다. 게다가 금색이라니. 나는 조금이라도 튀는 옷을 입고 나가면 10분도 안 되어 귀가하는 종류의 사람이었다. 고목 이모는 차 키를 건네며 시험 삼아 여성한증 주변을 돌자고 했다. 이래 보여도 이 차가 예전엔 국민 자동차라고 불렸다는 걸 조수석에 앉아 강조하는 것도 잊지 않았다. 많은 사람이 몰았다는 차의 창문을 열고 팔을 걸쳐보았다. 익숙해지는 데 오랜 시간이 걸릴 것 같았다.

엄마는 여행에 대해 아무런 의견을 내지 않는 대신, 자신이 선택한 날짜에 가야 한다고 했다. 한때 엄마는 난데없이 집 근처 문화센터의 명리학 코스에 등록한 뒤로 꽤 오랜 시간 사주를 공부했다. 초보 코스부터 전문가 코스까지 2년이 걸렸다. 초보 코스에서 엄마는 자신의 사주만 들여다보았다. 다른 아줌마들이 자식과 남편 사주를 살펴볼 때도 내내 자신의 사주만 점쳤고, 점점 낯빛이 어두워지기 시작했다. 초보 코스를 수료했을 땐 밤에 훌쩍훌쩍 울기도 했다. 당시 고등학교 3학년이던 나는 엄마의 어깨에 팔을 두르고 위로했다. 엄마는 눈물 범벅이 된 얼굴로 나를 쳐다보며 말했다. 내 사주팔자엔 별 들 날이 없어. 중급 코스에 들어갈 무렵, 엄마는 자신의 사주에 초연해졌다. 최악의 대운도 잘 넘어갔으니, 앞으로의 인생도 그럭저럭 괜찮지 않겠냐는 거였다. 그러고는 내 사주를 보기 시작했다. 내가 집 근처에 있는 전문대에 합격하고 나서 반수를 고민하던 때였다. 엄마는 반수를 말렸다. 네 공부 운은 올해가 끝이고, 앞으로는 쭉 직업 운으로 달려. 엄마 얘기를 듣고 보니 더 이상 수능 공부를 할 자신이 없다는 생각이 들었다. 대학생이 되니 살 것이 많아졌다. 얼른 돈을 벌어서, 사고 싶은 걸 맘껏 사고 싶었다.

1년 전, 엄마는 재운이 들어오는 때라면서 동네에 사주 카페를 차렸다. 망한 호프집을 인수해서 간판만 바꿔 단 것이었다. 손님은 얼마 없었다. 엄마는 대학생들이 요즘 사주를 많이 본다던데 왜 적자를 면치 못하는지 궁금해했다. 나는 이유를 알고 있었다. 가게는, 비유하자면, 한때 전 국민이 타고 다니던 금색 자동차 같았다. 확실하게 낡아버리면 클래식하다는 소리라도 들을 수 있겠지만, 이건 너무 어중간했다. 사주 카페엔 젊은 학생보단 돈 안 되는 단골손님이 많았다. 주로 여성한증의 아줌마들이었다. 엄마는 아줌마들의 사주를 받아

들고 늘 이렇게 얘기했다. 그동안 엄청 힘들게 살았지요? 그럼 아줌마들은 고개를 주억거리며, 엄마가 사주를 풀기도 전에 자신의 이야기를 쏟아내기 시작했다. 결국 사주 카페는 아줌마들이 넋두리를 늘어놓는 곳이 되었다. 엄마는 내년엔 문화센터 상담심리학 코스에 등록하겠다고 결심했다.

3.

대전 시내를 빙빙 돌고 나서야 우리는 행복식당을 찾을 수 있었다. 그러는 동안 고목 이모가 챙겨 온 뽕짝 리믹스를 세 번이나 다시 들었다. 튀김우동 외에 제대로 된 식사를 하지 못한 우리는 가면서 메뉴를 정했다. 앞서 읽었던 리뷰에서 김치전골이 그저 그렇다고 했기 때문에, 김치전골은 제외했다. 나는 스테이크가 먹고 싶다고 했다가 엄마의 눈치를 보고는 된장찌개로 메뉴를 선회했다. 엄마와 고목 이모는 순두부찌개가 먹고 싶다고 했고, 103호 이모는 여전히 입맛이 없다고 했다. 온갖 메뉴를 언급한 뒤에야 도착한 행복식당엔 간판이 없었다. 대신 미닫이 형식의 새시 문 네 개에 각각 행, 복, 식, 당이라고 적혀 있었다. '행'이라고 적힌 문을 '복' 쪽으로 밀고 들어가자 카운터에 앉아 있는 여자가 보였다. 여자는 텔레비전을 보고 있다가 우리를 향해 고개를 돌렸다. 여자의 피부는 까맣고 매끈했다. 진한 쌍꺼풀에, 거친 머릿결. 나도 모르게 여자를 향해 말했다. 헬로? 여자가 일어서자 앞치마에 적힌 소주 이름이 보였다. 영업 끝났어요. 정확한 발음이었다. 고목 이모가 큰 소리로 말했다. 한국말 잘하네?

동남아시아계 여자가 파를 썰고 두부와 계란을 풀어 순두부찌개를 끓이는 모습은 굉장히 이상했다. 이상하다기보단 어색했다. 우리는 노란 장판 위에 놓인 철제 식탁 앞에 앉았다. 장판은 따뜻하게 데워져 있었다. 여자는 순두부찌개와 된장찌개를 내오며, 103호 이모의 남편이 죽었다고 했다. 나는 103호 이모의 눈치를 보았고, 고목 이모는 소리를 질렀다. 남편이 있었단 말이야?

103호 이모는 순두부찌개를 호록거리며 남편에 대해 말해주었다. 이모의 남편은 조용하고 입술이 얇은 사람이었다고 했다. 집안은 가난했지만 번듯한 직장이 있었고 무엇보다 성실했다. 예의 바른 상견례가 이어졌고 둘은 소도시에 아파트를 얻어 살았다. 이모의 부모는 동네 사람들에게 딸이 아파트에 산다며 세면대와 신식 변기를 자랑했다. 남편은 신식 문물에 애증의 감정을 가진 것처럼 보였다. 신혼여행에서 돌아온 이후로 틈만 나면 가전제품을 부수고 새로 사길 반복했기 때문이다. 남편은 물건을 부술 때마다 시끄럽단 말을 중얼거렸다.

남편은 물건을 부수고 새로 사듯 직장을 갈아치웠다. 그가 마지막으로 다닌 곳은 트럭 운송 업체였다. 트럭을 몰 때는 혼자라 좋다고 했다. 세상엔 쓸데없는 이야기들이 너무 많다고도 덧붙였다. 그즈음 남편은 밤마다 술을 마셨다. 어느 날은 이모를 똑바로 보며 시끄러워,라고 중얼거렸다. 이모는 거실에서 텔레비전을 보고 있었으므로 아무 말도 하지 않았는데 말이다. 남편은 그때부터 가전제품 대신 잡히는 대로 사람을 부수고 다녔다. 남편의 합의금을 갚느라 이모는 라이브 카페에서 일을 했다. 라이브 카페에 대해선 이모가 말한 적이 있다. 그곳에선 밴드에게 팁만 쥐여주면 아무나 노래를 부를 수 있었다. 술 취한 사람들은 음정 박자를 무시했다. 간혹 노래를 부르다 말고 무대 왼쪽에 있는 드럼 위로 고꾸라지기도 했다. 이모는 일할 때면 늘 귀마개를 꼈고, 그때부터 노래를 못하는 건 죄라고 생각했다. 이모는 그래서 함께 노래방에 가도 절대 노래를 부르지 않았다.

이모의 남편은 사라지던 날에도 술을 마셨고, 집 안 물건을 집어 던지며 이모에게 소리를 질렀다. 이모는 출근을 해야 했

다. 남편은 트럭의 소음이 심해서 못 견디겠다고 외쳤다. 그
건 주정뱅이의 노래보다 더 듣기 싫었다. 이모는 귀마개를 꽂
고 남편의 짐을 챙기기 시작했다. 작은 여행 가방이 남편의
물건으로 가득 찼다. 이모가 방문을 나서자 남편이 화분을 던
졌다. 이모는 여행 가방을 들어 간신히 화분을 막은 뒤, 가방
을 남편에게 던졌다. 이 집에서 네가 제일 시끄러워! 이모는
현관문을 닫고 라이브 카페로 가서 음치들에게 시달렸다. 이
모가 퇴근했을 때 남편은 없었다. 다음 날도, 그다음 날도 남
편은 돌아오지 않았다. 이모는 장롱 뒤에 손을 뻗어 숨겨놓은
비상금을 찾아보았다. 비어 있었다. 이모는 지금 사는 집으로
이사를 했고, 몇 년간 소식이 끊겼던 남편이 얼마 전에야 이
혼 서류를 보내왔다고 했다. 그게 대전에 와야 했던 이유야.
103호 이모가 덧붙였다.

외국 처자가 그 양반이랑 어떻게 안 거예요. 103호 이모의
말에 여자가 대답했다. 공장에서 같이 일했어요. 여자는 5년
전 한국 남자와 결혼해서 한국에 오게 되었다고 했다. 대부분
의 여자가 하는 말이지만,이라고 여자가 운을 뗐다. 우리 넷
은 벌써부터 고개를 끄덕이고 있었다. 제 결혼 생활은 불행했
어요. 한국에 오기 전 여자는 호텔 프런트에서 일을 하고 있

었다. 숙박하는 사람들은 비슷한 질문을 했고, 여자 또한 매일 비슷한 대답을 했다. 그러다 알게 된 한국계 지인의 소개로 첫 남편을 만났다.

남편은 다리를 저는 것 빼곤 평범한 사람이었다. 한국 드라마에서 본 것과 달리 시어머니 또한 너무나 평범했다. 남편은 여자를 한국어학당에 보내주었다. 2년 동안 여자의 한국어 실력은 나날이 풍성해졌지만 배는 불러오지 않았다. 산부인과에서 불임 확정을 통보받던 날, 여자는 남편에게 떠나겠다고 말했다. 남편은 잡지 않았고, 여자는 휴대전화를 조립하는 공장에 취직했다. 103호 이모의 남편을 만난 것은 그 공장에서였다.

그 양반이 공장에서 일을 했다고? 103호 이모가 말했다. 여자는 고개를 끄덕였고 이모는 감탄했다. 2년이나 그런 시끄러운 곳에서! 나는 순두부찌개에 밥을 비벼 먹었다. 맛은 예상한 대로 그저 그랬다. 고목 이모가 여자에게 물었다. 근데 어떻게 한식집을 할 생각을 했어요? 여자가 수줍게 웃었다. 한 달 전까지 요리는 실장님이 했어요. 여자가 말하는 실장님은 103호 이모의 남편이었다.

여자의 공장 생활은 별다를 게 없었다. 어떤 날은 7, 8, 9의 버튼을, 또 다른 날은 *, 0, #의 버튼을 끼웠다. 103호 이모의 남편은, 여자가 일하는 라인 맨 끝에서 완성된 휴대전화를 정리해 넣는 일을 했다. 모두 103호 이모의 남편을 실장님이라고 불렀다. 103호 이모의 남편은 그곳에서 일한 지 한 달째였다. 공장에서 나이 많은 남자는 신입이어도 실장이라고 불렸다. 103호 이모의 남편은 근처 여관에서 장기 숙박 중이었다. 친구를 만나러 왔다가 눌러앉았다고 했다. 그 공장도 친구의 소개로 들어왔다고, 여자에게 맥주를 사주며 말했다고 한다. 103호 이모는 또 놀랐는데, 남편은 이모에게 자기 얘기를 한 적이 단 한 번도 없었기 때문이다.

　실장은 일이 빨리 끝나면 여자의 일을 도와주었다. 여자의 앞쪽 벨트에 앉아서 여자가 끼워야 할 부품을 미리 끼워주기도 했다. 두 사람은 자연스레 실장이 묵던 여관에서 함께 살기 시작했다. 공장에서 일한 지 2년이 지났을 때 실장은 모아둔 돈으로 작은 식당을 하자고 했다. 요리는 자신이 할 테니, 서빙과 카운터를 보라고 했다. 여기까지 들었을 때 103호 이모의 표정은 멍했다. 그리고 여자에게 물었다. 여기 소주 있어요? 이모는 소주를 한 잔 들이켜더니, 남편의 이름을 적고는 이 사람이 맞느냐고 되물었다. 이모가 아는 한 이모의 남편은 시끄러운 곳에서는 일을 못 하고, 요리라고는 한 적도 없으며, 남는 시간엔 늘 무언가를 깨부수는 사람이었다. 여자

는 자신의 좋은 기억은 모두 실장님과 함께였다며 울기 시작
했다. 갑자기 여자가 울자 우리는 당황했다. 고목 이모가 소
주를 건넸다. 여자는 술을 못한다며 거절했다.

며칠 전 103호 이모의 남편은 시장에 가던 길에 103호 이
모에게 전화를 걸었다. 흔한 안부조차 묻지 않고 이혼 서류를
작성해달라고 말했다. 전화를 끊고 스쿠터에 다시 올라타던
그때, 마주 오던 5번 버스의 기사는 졸고 있었다. 이어서 스쿠
터와 103호 이모의 남편이 허공에 떠올랐다. 버스 기사는 급
브레이크를 밟았다. 그리고 그날 이후로 절대, 졸지 않았다.
졸지 않을 뿐 아니라 깊은 밤에도 잠들지 못하게 되었다고
했다.

여자는 한국의 여러 문화를 알았지만, 장례식은 한 번도 겪
어본 적이 없었다. 여자는 공장에 전화를 해서, 실장의 친구
를 찾았다. 실장의 친구가 장례 치르는 것을 도와주었다. 장
례가 끝나고 한참 뒤에, 실장의 친구는 103호 이모를 기억해
냈다.

103호 이모와 여자가 손을 마주 잡고 울기 시작했다. 고목
이모가 소주 한 잔을 들이켜더니 말했다. 지랄 맞게 꿀꿀하
네. 나는 오늘이 친구들하고 하는 첫 여행이라고.

4.

　고목 이모는 술이 좀 오르자 바다에 가자고 우겼다. 대전에서는 바다가 멀다고, 게다가 난 아직 운전이 서툴다고 우겨도 소용이 없었다. 엄마는 만세력을 펼쳐놓고 여자의 사주를 풀고 있었다. 외국인 사주는 처음인데,라며 시작된 풀이는 풍파가 많은 사주네,로 마무리되었다. 여자의 인생을 10년씩 나누어 풀이하고 그에 맞춰 앞으로의 일을 내다보았다. 메마른 땅이야, 무조건 물 근처에 있어야 해,라는 엄마의 말이 끝나기도 전에,

　그러니까 지금 가야 해.

라고 고목 이모가 말했다. 고목 이모는 사랑받는 캐릭터는 아니었다. 언제나 이런 식으로 극단적인 결정을 내렸다. 여성한증에서도 다른 사람들과 마찰이 잦았다. 이모는 학교에 다닐 때부터 친구들과 잘 어울리지 못했다고 고백한 적이 있었다. 이모네 집은 동네에서 제일 잘살았다. 이모는 최고급 학용품을 가졌고, 반찬도 시골에서 흔히 볼 수 없는 것들이었다. 고등학생이 되기 전, 동네 여자애들은 공장으로, 식모로 떠나갔다. 이모에게는 친구라 부를 만한 여자애가 하나 있었다. 이모의 집에 놀러 온 여자애는 한참을 세계문학 전집 앞에서 머

물렸다. 여자애가 집에 간 뒤, 한 권이 사라진 것을 알았지만 이모는 개의치 않았다. 그 여자애도 서울의 어느 공장으로 떠났다. 전집 중 사라진 한 권처럼, 이모는 어느 한 곳이 빈 것 같은 학창 시절을 보냈다.

이모가 단정히 다린 교복을 입고 하교할 때였다. 서울로 갔던 그 여자애가 보였다. 이모는 여자애에게 다가가서 공손히 인사를 했다. 조 양, 잘 지내셨어요? 여자애는 이모를 바라보며 씩씩거렸다. 그리고 부릅뜬 눈으로 눈물을 흘리며 외쳤다. 너 같은 년이 제일 재수 없어! 이모는 그날 이후로 누구에게도 먼저 말을 걸지 않았다. 이모는 대학에 진학했다. 그 동네에서 대학에 간 사람은 이모와 이모의 오빠들뿐이었다. 이모가 2년 동안 대학에서 겉돌고 있을 때, 이모의 부모님이 돌아가셨다. 두 분은 이모의 큰오빠가 처음으로 몬 차를 타고 가다가 사고를 당했다. 큰오빠는 야간 운전에 익숙지 않은 데다 갑자기 튀어나온 노루 때문에 사고가 났다고 했다. 이모는 꽤 오랜 시간, 부모님이 돌아가신 걸 큰오빠 탓으로 돌렸다. 노루 탓을 할 수는 없었으니까. 운전면허 실기 시험을 볼 때면, 누군가 자신을 원망하는 것 같은 기분이 들었고, 집중을 할 수가 없었다. 이모는 대학을 중퇴했다. 작은오빠는 이모 앞으로 조그마한 아파트를 얻어 주었다. 이모는 동네에서 공부방을 운영했다.

서울로 갔던 여자애를 다시 만난 건 공부방에서였다. 그녀는 이번에 초등학교에 들어갔다는 아들을 데리고 왔다. 이모를 한참 뜯어보다가, 고목 양, 잘 지내셨어요,라고 말하고는 웃었다. 그때는…… 정중한 말투가 어쩐지 모욕처럼 들리곤 했어. 여자의 말에 이모는 사과했다. 여자는 아들이 중학교에 올라갈 무렵 공부방을 옮겼다. 그녀는 고목 이모에게 책을 한권 주었다. 제목은 "누구나 자서전을 쓸 수 있다"였다. 책을 읽다가 이모는 자신의 인생에서 부족한 부분이 무엇인지 생각했고, 언젠가 친구들과 꼭 여행을 가야겠다고 결심했으며, 그게 이 여행이라고 했다.

5.

그리하여 우리가 도착한 곳은 다시 24시간 여성 전용 사우나였다. 전국 어디에나 24시간 여성 전용 사우나는 있었고, 이모들은 그걸 기막히게 찾아냈다. 고목 이모는 계란을 까며 멋쩍게, 야간에 차를 타는 건 아직 좀 무섭네,라고 했다. 우리는 나란히 앉아 좌욕을 했다. 이곳의 좌욕 이모는 피곤했는지

숯을 넣자마자 구석에 모로 누워 잠이 들었다. 엉덩이는 뜨거웠고 가랑이 사이는 건조했다. 엄마가 식혜를 빨면서 우린 누구 덕 보며 살 사주는 아니야,라고 했고 나는, 그럼 나도?라고 물었다. 엄마는 대답 대신 빨대를 내 입에 넣어주었다.

석류탕 옆에서 103호 이모와 이모 전 남편의 부인은 서로 등을 밀어주었다. 탕에 아무도 없는 걸 확인한 고목 이모가 난데없이 노래를 불렀다. 차 안에서 듣던 철 지난 뽕짝이었다. 노래라면 질색하던 103호 이모가 흥얼흥얼 따라 불렀다. 후렴구가 탕 안에서 몇 번이고 휘돌다가 사라질 때까지 우리는 때를 불리고 밀기를 반복했다.

알몸으로, 우린 한증막 안에 기어들었다. 불이 죽었는지 숨이 막힐 정도의 열기는 아니었다. 103호 이모가 말했다. 난 여기서 며칠 더 있다가 가야겠어. 고목 이모와 엄마가 고개를 주억거렸다. 고목 이모는 다음 여행지를 선정했고, 엄마는 팔을 휘저으며 땀을 냈다. 막은 때론 동굴 같았다. 혹은 방공호라든가. 처음 보는 여자들도 땀을 내고 부대끼며 쉽게 친해졌다. 나는 방공호를 나와 보리차를 마셨다.

고목 이모는 속눈썹을 붙였다. 나머지는 얼굴에 팩을 붙이고 고스톱을 치며 이모를 기다렸다. 엄마는 판을 시작하기 전에 패를 뒤집으며 또 점을 쳤다. 귀인을 만나는 날이라는군.

엄마의 말이 끝나기 무섭게 고목 이모가 낙타 같은 속눈썹을 깜빡이며 나왔다. 엄마는 손뼉을 치며 말했다.

고목에 드디어 꽃이 피었네.

그때였다. 종이봉투를 머리에 뒤집어쓴 남자 셋이 카운터 이모의 손에 이끌려 들어왔다. 그건 흡사 KKK단을 체포한 장면같이 보였다. 남자들은 익숙하게 한증막 안으로 들어갔고, 카운터 이모가 외쳤다.

막에 불이 죽어서 물 뿌리러 온 거예요. 놀라지 말아요.

여자들은 다시 하던 일로 돌아갔다. 처음 보는 이모들과 드라마를 보며 악녀를 욕했다. 이모들은 자신의 별명을 소개했다. 고목 이모와 103호 이모도 자신의 별명을 알려주었다. 엄마의 별명은 내 이름이었다. 엄마는 내 이름으로 불리는 걸 좋아했다. 사실 내 이름은 엄마가 갖고 싶던 이름이었기 때문이다. 여성 전용 사우나에서 엄마는 종종 나의 이모나 언니로 불렸고, 나는 종종 엄마의 동생이나 조카처럼 굴었다. 이곳에서 우리는 대가족이었다. 수많은 언니와 이모 사이에서 어떤 날은 이곳이 진짜 집이고 모두가 진짜 가족인 양 느껴졌다.

엄마의 이야기는, 너무 많이 들어선지 그 모습이 사진처럼 펼쳐진다. 엄마의 엄마에게 업힌 어린 엄마, 다시 동생을 업은 국민학생의 엄마, 다시 나를 업은 이십대의 엄마…… 엄마

는 늘 누군가를 업거나 누군가에게 업힌 채였다. 엄마를 업거
나 엄마에게 업힌 것이 남자는 아니었다.

6.

익숙지 않은 운전으로 종일 긴장한 탓에, 나는 쉽게 잠들지
못했다. 수면실에선 희미하게 락스 냄새가 났다. 나는 어둠에
눈이 익어 네 여자의 실루엣이 보일 때까지 눈을 깜빡거렸다.
그러니까 이 어둠 속에서 코를 골며 자고 있는 건 각자의 서
사를 가진 네 명의 여자였다. 나는 계속 눈을 깜빡이며 생각
했다. 고목 이모는 어디에 가려는 걸까. 해가 뜨면 바다를 보
러 갈 수 있을까. 나도 언젠가는 사건이 될 만한 서사들을 가
지게 될까. 스물여섯, 3년 사귄 애인과 평범한 이유로 평범하
게 헤어졌다,라고 생각했다가 금세 고쳤다.

스물여섯, 첫 차가 생겼다. 무려 금색이다.

나는 잠든 사이, 꿈을 꾸었다.
여자는 바다에서 수영을 하고 있었다. 여자의 모습은 바다

와 어울렸다. 여자는 주황색 비키니를 입고 있었는데, 구릿빛 살결 덕에 아주 근사했다. 여자가 나에게 손을 흔들었다. 나는 바닷속에 풍덩 뛰어들었다. 찬물이 닿자 온몸의 감각이 살아났다. 나는 떠다니는 해초를 주워 여자의 귀에 꽂아주었다. 여자가 웃었다. 여자에게 별명을 지어주어야겠다고 생각했다. 그러고 나서 언니라고 불러야지. 여자의 뒤쪽으로 분홍색 돌고래가 뛰어올랐다. 사람들이 손뼉을 쳤다. 나도 깔깔거리며 웃었다. 고개를 돌려 해변을 보니, 엄마와 이모들이 모래찜질을 하고 있었다. 고목 이모의 모래 더미는 커다래서 마치 봉분이 솟아오른 것 같았고, 103호 이모는 그 옆에서 잠자리 안경을 쓰고 무언가에 골몰해 있었다. 엄마는 돗자리에 앉아, 필리핀 사람들의 사주를 풀이해주고 있었다. 나는 물에 둥둥 떠올라 하늘을 보며 웃었다. 모두 행복한 미래뿐이었고, 나는 물 꿈을 꾸고 있으니 깨어나면 복권을 사볼까, 생각했다.

구석기 식단의
유행이 돌아올 때

우리가 그 사건을 목격한 것은 우연이었다.

모든 우연이 그런 식으로 발생하겠지만 새벽 3시에 갑자기 맥주가 마시고 싶던 것은 우리에겐 조금 특별한 일이었다. 일단 봉규도 나도 술을 즐기는 편이 아니었고, 그날 우리는 다소 중요한 이야기를 나누고 있었기 때문이다. 게다가 우리는 평소에 맑지 않은 정신으로 무언가를 의논하는 것을 싫어했다.

그럼에도 우리는 맥주를 사러 나갔다. 나는 봉규의 점퍼를 걸쳤고, 슬리퍼를 신었다. 밤공기는 아직 차가웠으므로 발가락이 매우 시렸다. 나는 봉규의 뒤쪽에 두어 걸음 떨어져, 점점 붉어지는 내 발가락을 보며 걸었다. 그런데 갑자기 봉규가 작게 소리를 내뱉으며 멈췄고, 나는 봉규의 등에 이마를 부딪혔다. 봉규의 시선이 닿은 곳은 우리가 사는 빌라의 옆 건물이었다.

우리는 평소에도 이 건물을 눈여겨보곤 했는데, 그건 일주일 단위로 현관 유리에 붙는 A4 용지 때문이었다. A4 용지에는 사랑에 관한 글귀들이 영어로 인쇄되어 있었다. 우리는 둘 다 영어 실력이 좋지 않아서 대부분의 문구를 지나쳤지만, 저녁을 먹고 돌아오는 길에 "Sex is the biggest nothing of all time"이라는 문구를 해석하며 다툰 적이 있었다. 아마 섹스라는 단어 때문에 그 문장에 관심을 가졌던 것 같다.

나는 멈춰 선 봉규가 또 글귀를 보고 있다고 생각했지만, 봉규의 시선이 닿은 곳은 건물 1층에 있는 주차 공간이었다. 봉규를 따라 바라본 곳에는 다소 이상한 자세로 누워 있는 여자가 한 명 있었다. 봉규가 먼저 여자를 향해 간 뒤 내게 손짓을 했다. 여자의 얼굴은 창백했다. 미동 없이 누워 있는 여자의 그림자가 짙어서, 나는 그것이 피라고 착각할 뻔했다. 봉규는 여자의 어깨를 쥐고 여러 번 흔들다가 손을 뗐다. 그러고는 휴대전화를 찾으려는 듯 입고 있던 패딩 주머니를 뒤졌다. 나는 여자의 가슴이 미약하게 움직이는 것을 보고 안심했다.

휴대전화를 두고 왔나 봐. 편의점에 가서 신고하자.

봉규의 말이 끝나기가 무섭게 건물 위층에서 창문이 닫히는 소리가 났다. 내가 건물 위를 올려다보았을 때 모든 창문은 굳게 닫혀 있었다. 봉규는 내 팔목을 잡고 끌었다. 우리는 집에서 가장 가까운 편의점으로 들어갔다. 머리가 하얗게 센 점장은 등을 돌린 채 창고 안에서 재고를 정리하고 있었다. 봉규가 점장을 부르러 간 사이 나는 카운터에 가만히 서 있었다.

며칠 전에 물건을 도난당했을 때 찍혔다는 CCTV의 한 장면이 카운터에 인쇄되어 붙어 있었다. 두 명의 남자가 카운터 앞에 서 있는 모습이었다. 한 명은 회색 후드를 뒤집어쓰고 있었고 다른 한 명은 검은 야구 모자를 쓰고 있었다. 너무나도 평범한 인상착의여서 내가 만약 그들과 스쳐 가는 일이 있더라도 못 알아볼 것이 분명했다.

봉규는 점장을 여러 번 부르다가 무슨 생각인지 그냥 맥주를 여러 캔 꺼내 왔다. 그제야 점장이 창고에서 나와 계산을 해주었다. 계산을 하고 나와 내가 왜 신고하지 않았냐고 묻자,

왠지 지금 가면 없을 것 같아.

라고 말했다. 우리는 다시 집으로 향했다. 앰뷸런스 한 대가 집 앞 도로를 지나가는 것이 보였다. 여자를 태운 것인지 확

실하지 않았지만, 왠지 그럴 것이라는 생각이 들었다. 돌아가 보니 정말 여자는 없었다. 여자가 누워 있던 자리에는 아무런 흔적도 남아 있지 않았다.

우리는 집으로 돌아가 맥주를 마셨다. 금세 취기가 올랐다. 맥주 캔을 정리한 뒤에 나란히 양치질을 하고 우리는 한 침대에 누웠다. 싱글 침대였지만 봉규도 나도 체격이 작아서 불편하지 않았다.

이제 불 끈다.

봉규의 말이 끝난 뒤 방이 어두워졌다. 우리는 얼마간은 출근할 때마다 옆집을 살펴보기도 했으나 그 여자는 다시 나타나지 않았다. 대신 나는 봉규의 집에서 회색 후드티를 발견했다. 그리고 후드티를 입은 남자와 야구 모자를 쓴 남자들을 길거리에서 많이 봤다.

*

몇 주 뒤 아침, 나는 눈을 감고 봉규가 출근하는 소리를 듣고 있었다. 봉규는 평소처럼 약 5분 정도 침대에 가만히 걸터앉았다가 화장실로 갔다. 머리를 감고, 말리고, 나와서는 옷을 입었다. 그리고 그대로 가버렸다. 도어록이 맞물리는 소리를 마지막으로 방은 다시 조용해졌다. 밀봉된 기분이었다. 나는 조금 더 누워 있다 휴대전화로 용달을 검색했고 전화를 걸어 흥정했다.

봉규의 원룸에서 3년을 살았다. 그 시간에 비해 막상 짐은 별로 없었다. 책을 포함한 여러 잡동사니 한 박스와 트렁크 하나뿐이었다. 그럼에도 용달차를 불러야 했던 것은 사이클 머신 때문이었다. 재작년 겨울에 사두고는 결국 옷걸이로 쓰고 있는 것이었다. 비좁은 집에는 둘 곳이 없어서 항상 거추장스러웠지만, 이곳이 아닌 다른 곳에서라면 유용하게 쓸 수 있을 거라는 묘한 기대감을 가지게 만드는 물건이었다.

용달 기사는 사이클 머신을 혼자 들 수 있다고 했다. 내가 뒤쪽을 드는 것이 어떻겠냐고 몇 번이나 물어봤는데도 극구 사양했다. 나는 사이클 머신의 페달을 손으로 꾹 밀어보았다. 페달은 똑똑똑, 비슷한 소리를 내며 돌아갔다.

문을 닫기 직전에 바라본 봉규의 집엔 봉규의 물건이 얼마 남지 않아 보였다. 이 집에 있는 가구들은 대부분 옵션으로 딸린 것들이었다. 냉장고나 에어컨뿐 아니라 침대와 책상마저도 전 세입자가 두고 가거나 집주인이 사다 놓은 것이었다. 그렇게 가구를 하나하나 바라보고 나니 이 집이 딱히 봉규의 집은 아니었구나,라는 생각이 들었다. 문은 봉규가 출근할 때와 똑같은 소리로 닫혔다.

*

나는 용달 기사 옆자리에 앉았다. 기사는 뽕짝을 틀고 흥얼거렸다. 시에서 시를 넘어갈 때, 파란색 안내 표지판을 보았다. 여기서부터 H시입니다,라고 적혀 있었다. 바라보기만 했는데도 이미 머나먼 다른 곳에 도착한 기분이었다.

*

그저 한 집에서 다른 집으로 옮겼을 뿐이었다. 사이클 머신한 대를 싣고. 그럼에도 매우 피곤했다. 나는 사이클 머신을 거실에 두고 내 방문을 열었다. 방은 퀴퀴한 냄새로 가득했지만 내가 정리해둔 그대로였다. 나는 창문을 열고 침대에 누웠다. 부모님은 10년 전에 전 재산을 털어 소도시 산 중턱에 있는 이 아파트를 샀다. 34평에 방 세 개가 있는 이 보급형 아파트는, 제일 가까운 역이 버스로 20분은 걸리는 곳이었다. 부모님은 이 아파트에서 남은 노후를 보낼 것을 예감하고, 모든 인테리어를 새로 했다. 당시 유행하던 스타일로 꾸민 만큼,

지금은 포인트 벽지며 체리색 몰딩이며 모두 촌스러운 느낌을 주었다. 봉규의 집에서 가끔만 오가던 때와 달리, 이 아파트가 10년이라는 시간만큼 낡았다는 걸 새삼스럽게 깨달았다. 그리고 고작 이런 것이 두 명분의 전 생애를 합친 것이라는 게 이상했다.

이사 소식을 들었는지 뒤마가 연락을 해왔다.

이사는 잘 했어?

봉규와 내가 동시에 알고 지내는 친구는 뒤마뿐이었다. 나의 이사에 대해 봉규가 뒤마에게 무슨 말을 했는지 궁금했지만, 아무것도 묻지 않았다. 뒤마는 봉규가 다녔던 남자 고등학교 동창이었다. 후에 봉규가 뒤마에 대해 말하길 그와 뒤마는 별로 친한 사이가 아니었다고 했다. 학창 시절에 어울리던 친구 중 하나가 뒤마를 데리고 왔고, 그 친구와 함께 밥을 먹은 것이 다였다고 했다. 그 뒤로 뒤마가 봉규에게 먼저 연락을 해왔고, 그러다 보니 동창 중에 몇 안 남은 친구가 되었다는 것이다.

나는 봉규와 갓 사귀기 시작했을 무렵에 뒤마를 만났다. 뒤마가 여행에서 막 돌아와 봉규에게 연락했을 때 마침 내가 봉규와 함께 있었고, 그날 저녁에 우리 셋은 만났다. 뒤마는 다부진 몸에 키가 컸고, 귀밑부터 턱까지 수염을 길렀다. 왜

소한 봉규와는 정반대의 타입이었다. 그리고 아는 것이 많았다. 취미로 철학 서적을 읽거나 프랑스어를 공부한다고 말했다. 뒤마가 말한 책은 내가 한 번도 들어본 적이 없는 것들뿐이었다.

식사를 하며 봉규와 나는 뒤마에게 사소한 거짓말들을 했다. 이를테면 나의 나이라든가, 사는 곳, 형제 관계나 혈액형처럼 쓸모없는 것들이었는데, 왜 시작했는지는 기억이 나지 않는다. 하지만 나는 그 순간 봉규와 내가 매우 친밀한, 같은 편이라고 느꼈다. 우리 셋은 밥을 먹고 나서 커피를 마셨다. 나는 뒤마에게 어디를 여행했냐고 물었고, 그는 예산이 허락하는 곳까지 다녀왔다고 대답했다. 사진을 보여달라고 하자 단호하게 싫다고 했다.

봉규가 잠시 화장실에 간 사이 우리는 약간 어색해졌다. 그가 잠시 잔을 만지작거리더니 말했다.

봉규는 내 첫사랑이었어.

그건 뒤마가 봉규에게 평생에 걸쳐 감춰왔던 비밀이었다. 어색한 시간이 조금 더 흘렀고 봉규가 화장실에서 돌아왔다. 나는 뒤마에게 조금 전까지 했던 거짓말들을 하나씩 정정해주었다. 나는 봉규보다 한 살이 어리며, 혈액형은 A형이고, 남동생이 하나 있다고, 그리고 우리는 지금 동거 중이라고.

뒤마는 헤어질 때 오늘 미처 보여주지 못한 여행 사진을 보내주겠다며 내게 연락처를 물어왔다. 그때부터 우리는 봉규를 통하지 않고도 연락을 주고받는 사이가 되었다. 뒤마는 내가 모르는 봉규에 대해 많은 이야기를 해주었다. 그리고 여행에서 찍었던 사진도 보내주었다. 보내온 사진에는 뒤마의 애인으로 보이는 외국인 남자와 함께 찍은 사진이 가득했다.

짐도 별로 없는 것 같더니 웬 용달이니.

내가 사이클 머신 때문이라고 설명하자, 뒤마는 도대체 왜 팔고 오지 않았느냐고 비웃었다. 나는 그에 대한 대답 대신 일을 그만두었다고, 이제 뭘 해야 할지 모르겠다고 말했다. 그러자 뒤마는 별로 힘도 들이지 않고,

순서를 잘 생각해.

라고 답했다.

*

나는 집에서 할 수 있는 일을 수소문했다. 한 친구가 학습만화에 들어갈 도형을 그리는 일을 소개해주었다. 처음 한동안은 선과 점선만 그렸다. 그 후에는 평면도형을 그렸다. 원의 지름과 반지름, 삼각형과 세 점, 사각형과 네 점을. 그리고

나서는 입체도형을 그렸다. 다면체와 회전체, 그리고 구. 입체도형들은 사실 모두 평면에 그려졌지만 완성되고 나면 입체도형이라고 불렸다. 나는 그것들을 입체로 보지 않으려고 노력해보았다. 한쪽 눈을 감아보기도 하고 멀리서 보기도 했다. 하지만 결국에는 그것들을 입체도형이라고 인지할 수밖에 없었다. 내가 그려낸 것들인데도. 그것들을 그렸다고 말할 수 있는지도 모르겠다. 사실 입력값을 넣거나 선을 잇는 게 전부였으니까.

단순한 작업이었지만 최소한의 용돈은 되었다. 봄이 오기 전에 일은 모두 끝났다. 도형들은 학생들의 집과 학교 곳곳에 존재할 것이었다. 봉규에게서 다시 연락이 온 건 그즈음이었다. 그는 자신이 매우 곤란해졌다고 말했다. 뭐가 어떻게 곤란해졌느냐고 묻자, 그는 굳이 말하자면 곤란한 것이 아니라 귀찮게 되었다고 고쳐 말했다. 나는 그 여자 때문이냐고 물었고, 봉규는 대답했다.

아니, 말하자면 그 편의점 때문이야.

처음에는 경찰서에서 연락이 왔다. 그 편의점에서 또 도난 사건이 일어났다는 것이다. 이번에 CCTV를 돌려보니 찍힌 사람이 봉규와 닮았다는 것이 이유였다. 봉규는 당연히 항의했다. 집에서 가장 가까운 편의점이라 자주 가는 곳이고, 점장 또한 자신을 잘 안다고 말했다. 경찰은 점장이 지목한 범인이 바로 당신이라고 친절히 알려주었다. 봉규가 점장과 직접 통화를 해보겠다고 말했지만 당연히 성사되지 않았다. 경찰은 그냥 그날의 행적만 알려주면 된다고 했는데, 봉규는 그날 무엇을 했는지 아무 기억도 나지 않는다고 했다. 요즘에 특히 기억력이 감퇴하고 있는 것 같다고 덧붙였다.

저번에는 네 명의 걸 그룹 멤버 중에 한 명 이름이 기억이 안 나더라고. 회사 동료들과 함께였는데, 돌아가며 한 명씩 말해보기로 했어. 누군가 A의 이름을 대며, 생긴 것보다는 웃는 모습이나 목소리가 매력적이라고 했지. 누군가 다른 멤버인 B의 이름을 말했고, 다리가 예쁜 C의 이름까지 나왔어. 그러고 나서도 우리는 다른 한 명의 이름을 계속 기억하지 못했어. 그러다가 내가 말한 거야. A를 놓친 것 아닌가요,라고. 동료들이 날 놀렸어. 맨 처음 A의 이름을 댄 사람이 나라는 거야.

나는 조금 웃을 수밖에 없었다. 봉규는 평소에 내가 기억 못 하는 일까지도 시시콜콜 주절대는 편이었기 때문이다. 웃음에 대한 보답으로 나는, 그래서 편의점 사건은 어떻게 되었느냐고 물어봐주었다. 봉규는 그날 퇴근하자마자 점장에게 가서 따졌다고 한다. 단골이었는데 이런 식으로 범인으로 몰아가는 것이 정말 화가 난다고. 증거는 확실한지, 도대체 뭐가 없어졌기에 이러는 건지. 그러자 점장이 조용히 말했다고 한다. 바코드 리더기가 사라졌어요. 다른 건 다 참을 수 있어요. 담배나 복권, 라면이나 술 따위는. 하지만 바코드 리더기는 정말 비싼 겁니다. 용서할 수 없어요.

결국 동료들의 증언으로 나는 용의자에서 벗어났어. 바코드 리더기가 사라진 날에 회식이 있었거든. 근데 그 CCTV에 찍힌 사람은 정말 나를 닮았더라.

이야기를 마치고 봉규가 덧붙였다.

그런데, 네가 아까 말한 여자 얘기는 뭐야?

*

뒤마가 H시에 들렀으므로 잠시 만나자고 했다. 할 말이 있다고도 했다. 부모님 집에 돌아온 뒤로 나는 처음으로 H시에서 누군가를 만나게 되었다. 뒤마는 나보다 이 동네를 더 잘아는 것처럼 보였다.

지도를 보는 것도 취미 중 하나거든.

그는 차를 가지고 왔으므로 부모님의 집까지 데리러 오겠다며 이 동네에 있는 유명한 식당을 예약해두었다고 했다. 이 동네에도 유명한 식당이 있느냐고 내가 묻자, 어느 동네에나 찾아보면 유명한 식당은 있다고 대답했다. 오랜만에 만난 뒤마는 이마 부분에 탈모가 진행 중인 것 같았다.

뒤마가 예약한 곳은 호수 근처에 있는 횟집이었다. 나는 이 동네에 호수가 있다는 것을 알고 매우 놀랐다. 호수를 둘러싸고 가게들이 죽 늘어서 있었다. 뒤마는 마치 전에도 이곳에 와본 적 있는 사람처럼 자연스럽게 가게로 들어갔다. 가게 내부로 들어가자 호수 쪽으로 놓인 평상이 여러 개 있었다. 우리는 그중 하나에 자리를 잡았다. 뒤마가 앉자 호수에 살짝 잠긴 평상 다리에 파문이 일었다.

여긴 광어회랑 매운탕을 잘한다더라.

나는 메뉴 선정을 비롯한 모든 것을 뒤마에게 일임했다. 주문을 받으러 온 여자가 술은 어떻게 하겠느냐고 물었고 뒤마는 필요 없다고 대답했다. 그녀가 멀어지자 뒤마는 할 말이 있는 듯 혀로 입술을 적시더니, 내게 얼굴을 가까이 대고 말했다.

나 사실 최근에 전립선염에 걸렸어.

왜 사람은 어떤 병명을 들으면 웃어버리는 걸까,라고 생각하며 나는 웃었다. 미안해하면서. 뒤마는 상관없다고 했다.

의사는 이 병에 여러 이유가 있지만, 자위를 너무 안 해도 걸릴 수 있는 병이라고 하더라고. 뜨끔했지. 최근에 전혀 하지 않았거든. 나는 그런 류의 동영상을 볼 때마다 성욕이 사라져버려. 사람의 몸은 가까이서 보면 볼수록 징그러운 것 같아. 그래서 요즘엔 만화를 보면서 해결하고 있어.

우리는 회를 먹고 나서 매운탕을 먹었다. 회를 먹은 뒤에 매운탕을 먹는 건 중요한 순서였다. 그런데 왜 꼭 이런 순서일까. 회로 차가워진 배 속을 매운탕으로 따뜻하게 채워주니까? 매운탕을 먹은 다음에는 회 맛을 잘 느낄 수가 없어서? 작열하는 햇볕으로 수면이 점점 데워지는 것 같았다. 호수는 기대한 만큼 청량한 느낌을 주지는 않았다. 과자 봉지 몇 개가 떠다니는 것이 보였다.

나는 뒤마에게 봉규와 내가 목격했던 사건에 대해 말했다. 그리고 가끔 그 여자의 꿈을 꾸는데, 주로 여자가 죽거나 좋지 않은 일을 당하는 악몽이 대부분이라고, 신고를 하지 않아 찝찝하다고도 덧붙였다. 뒤마는 나와 함께 봉규를 욕해주었다. 하지만 한편으로는 봉규를 이해한다고 했다. 그리고 양팔을 뒤로 조금 뻗어서 외투를 뒤적이다가 봉투를 하나 꺼냈다. 봉투를 열어보니 뒤마와 뒤마 부모님의 이름, 그리고 낯선 여자의 이름과 그녀의 부모님 이름이 각각 적혀 있었다. 그것은 흔한 청첩장이었다.

아까 주문을 받았던 여자가 다시 등장해서 이곳의 후식으로는 식혜와 수정과가 있다고 했다. 뒤마는 수정과를, 나는 식혜를 각각 주문했다. 나는 그에게 왜 결혼을 결심하게 되었느냐고 물었다. 뒤마는 세상에 그런 바보 같은 질문이 있느냐는 듯 나를 쳐다보았다.

인간은 항상 정착하는 방식으로 진화해왔어. 신석기 혁명이 왜 일어났겠니. 모험하고 사냥하고 아무나 만나는 게 더 나았으면 계속 그렇게 살았어야지. 그러니까 결혼 제도는 일종의 농경 사회로의 진입이라고 해야 할까. 너도 이사 다닐 생각하면 피곤하잖아.

그렇다. 뒤마의 말대로 이사의 피곤함과 연애의 비극은 비슷한 부분이 있었다. 나는 자연스레 봉규를 만나기 전에 사귀었던 사람들의 얼굴을 떠올릴 수밖에 없었다. 그중 하나는 주변에 사람이 많은, 밝은 성격의 남자였다. 늘 긍정적으로 살라는 것이 그의 말버릇이었고, 나는 속으로 그를 조금 바보 취급하곤 했다. 그럼에도 그는 나를 많이 좋아해주었다. 내가 당시 만나고 있던 사람과 헤어졌다는 사실을 알고, 위로를 대신하여 나를 안아주었다. 그때 나는 소스라치게 놀랐는데, 그동안 껴안았던 연인의 몸과는 너무나도 다른 질감과 두께를 갖고 있었기 때문이다. 자연스레 내가 앞으로 얼마나 더 많은 품에 안기거나 촉감이 다른 손을 잡게 될지 상상할 수밖에 없었고, 모든 게 까마득했으므로 피곤해졌던 기억이 있다.

뒤마의 말은 언제나 깊이 동의할 수밖에 없었고, 깨달음을 주었다. 그래서 진심으로 뒤마를 기쁘게 하는 말을 하고 싶었다. 하지만 그런 이야기들은 늘 뻔했다. 그것들은 뒤마가 내가 아닌 누구에게서라도 들을 수 있는 상투적인 칭찬들이었고, 말하는 사람의 얼굴이 달아오르는 말들이었다. 그럼에도, 내가 할 수 있는 말들은 고작 그런 것이었다. 그는 내 이야기를 가만히 듣더니 여태까지 내가 본 적 없는 표정을 지었다. 그건 휘발유 냄새를 맡을 때의 표정과 비슷했다.

여자 쪽에서 집을 해 오기로 했어. 여자가 바라는 건 하나야. 자기가 돌보는 개와 고양이 아홉 마리를 데리고 오겠대. 집이 얼마나 북적일지 상상이 돼? 여자의 집에 들어가던 순간 맡았던 동물들의 오줌 냄새가 잊히지 않아. 밖에서 여자를 만나도 희미하게 그 냄새가 나.

뒤마는 회와 매운탕을 자신이 계산했다. 그리고 내게 사탕을 하나 꺼내 주는 것도 잊지 않았다. 나는 목구멍 안쪽에서 올라오는 침을 느꼈다. 뒤마에게서 받은 청첩장을 주머니에 넣다가, 문득 내가 처음으로 주머니에 넣은 것이 무엇인지 궁금해졌다. 주머니의 쓰임새를 알게 되고, 주머니에 넣은 것들. 잠시 나의 주머니에 머물렀던 것들이 무엇인지. 왜 그런 것들을 기록해두지 않았는지. 앞으로는 또 얼마나 많은 것을 넣었다가 잃어버릴지. 나는 봉규와 함께 있을 때 주머니에 넣어두었던 것들을 봉규의 방에 두고 왔는지도 몰랐다.

*

뒤마의 차를 타고 집에 가는 길에 나는 다시 한번 표지판을 보았다. 여기서부터 H시입니다,라고 적혀 있는 파란 표지판이었다. 나는 뒤마에게, 우리가 있던 곳이 H시가 아니었어,라고 일러주었다. 뒤마는 깜빡이를 켠 후, 내가 여자랑 잘 수 있을까,라고 조그맣게 중얼거렸다. 집에 돌아와서 나는 화장실 선반에 작은 면도칼을 하나 올려두었다.

*

봉규에게서 온 마지막 연락은, 막 장마가 시작될 때였다. 나는 낮잠을 자다 깨어서 이곳이 어딘지 기억해내는 중이었다. 어떤 가전제품에서 발산되는 것인지 모를 푸른 불빛이 빠르게 점멸하고 있었다. 당연하게도 부모님의 집이었고, 내 방이었다. 아무 꿈도 꾸지 않았는데 긴 악몽을 꾸고 일어난 것 같은 안도감이 느껴졌다. 창문에 빗방울이 맺히고 있었다. 봉규에게 온 메시지는 뜬금없었다.

이런 날씨에 집 앞에 있던 저수지 너머 변압기가 폭발했지.

나도 알고 있는 이야기였다. 봉규는 대학교 재학 중에 저수지가 보이는 자취방에 산 적이 있다고 내게 몇 번이나 말했었다. 그 저수지 건너편에는 전봇대가 있고, 그 전봇대에는 염소가 한 마리 매여 있었는데, 그 염소를 '악마의 젖소'라고 불렀다고 했다. 봉규가 이름을 붙이는 데에는 늘 별다른 이유가 없었다. 그러므로 아마 염소 주제에 젖소처럼 젖이 컸다거나 하는 류의 일차원적인 별명이었을 거라고 나는 짐작했다.

어쨌든 비가 오기 시작했고, 폭풍우가 친다는 예보를 본 봉규는 학교에 가지 않고 창문에 기대어 저수지 너머를 응시하고 있었다. 봉규는 악마의 젖소에게 풀을 뜯어준 적도 있었고, 가로로 된 눈동자가 자신을 오래오래 쳐다보는 게 잊히지 않아서, 그래서 변압기가 터진 그날도 악마의 젖소가 걱정되어 저수지 건너편을 보고 있었다고 했다. 나는 그 이야기를 들으며 이십대 초반의 봉규를 상상했다. 전역 직후라는 단서를 얻었으므로 상상 속의 봉규는 짧은 머리가 위로 뾰족뾰족 솟은 채였다. 염소를 사랑하는 봉규를 상상하는 것을 나는 좋아했다.

그날이 전봇대에 염소가 깔려 죽은 날이라고 했던가.

나는 딱히 대답할 말이 없었으므로 알면서도 물었다. 휴대전화를 들고 거실로 나와 텔레비전 전원을 켰다. 각종 행사 섭외 1순위라는 트로트 가수가 억대 사기에 휘말렸다는 내용이 보도되고 있었다. 그의 무대 영상이 나왔는데, 멜로디가 굉장히 익숙했다. 기억을 더듬어보니 용달 기사가 흥얼거리던 그 노래였다. 나는 점점 기억력이 좋아지고 있는 것 같았다.

내가 죽었다고 말했어? 그 근처에는 염소가 많았어. 별명이 모두 악마의 젖소였어.

봉규의 메시지를 읽고, 나는 무척이나 서운한 마음이 들었다. 악마의 젖소가 유일한 한 마리가 아니었다는 사실 때문인지, 내가 그동안 생각해온 저수지의 풍경과 다르다는 사실 때문인지, 봉규의 기억력이 점점 안 좋아지기 때문인지 알 수 없었다. 갑자기 모든 것이 황망하게 느껴졌다. 모든 사물이 내게서 멀어져 보였다.

나는 봉규와 모텔에 갔던 때를 떠올렸다. 봉규의 아버지가 급하게 서울로 올라오게 된 날이었다. 아침 일찍 서울에 볼일이 있으니 하루 자고 갈 수 있느냐고 아버지가 물었다는 것이다.

우리는 이미 같이 살고 있었으므로, 곤란했다. 서로의 부모님께 같이 살고 있다는 것은 비밀이었으므로 이중으로 곤란했다. 나는 봉규에게 H시에 있는 부모님의 집에 가 있겠다고 말했다. 봉규는 내가 H시로 가지 않아도 되는 방법과 아버지의 부탁을 들어주는 방법을 동시에 생각해냈다. 집 근처에 있는 모텔을 예약한 것이다.

우리가 모텔에 간 적은 별로 없었다. 손에 꼽을 정도였고, 지방으로 여행 갔을 때 한두 번 정도가 다였다. 그나마도 게스트 하우스를 예약하지 않았을 때에 한에서였다. 봉규는 모텔이 불편하다고 말했다.

너무 조용해서 오히려 집중할 수가 없게 돼.

오랜만에 모텔에 가서인지 프런트에서 나는 조금 긴장했다. 매번 모텔에서만 만나던 사람과 사귄 적도 있었는데 말이다. 카운터에 있는 남자는 익숙함을 넘어 지겨운 듯한 손짓으로 카드 키와 일회용품을 던지다시피 건네주었다.

봉규가 예약한 방의 크기는 봉규의 원룸과 비슷하거나 더 컸다. 하지만 그곳엔 우리가 갖지 못한 모든 것이 있었다. 퀸 사이즈 침대와 하얀 시트, 단정하게 놓인 티 테이블과 의자, 50인치 텔레비전, 데스크톱, 그리고 욕조. 옷걸이에 걸린 가운과 슬리퍼까지. 우리는 가운을 나눠 입고 티 테이블에 마주 보고 앉아 욕조에 물이 차길 기다렸다. 봉규가 갑자기 창문을 열어 밖을 내다보더니 비가 온다고 알려주었다. 우리는 나란히 서서 비가 오는 밖을 내다보다가 집 밖에 빨래를 널어둔 채로 나왔다는 것을 떠올렸다. 봉규가 가방에서 간식거리를 꺼냈다.

영화에서 보면 옷 위에 가운을 입는 장면들이 있잖아. 어릴 때 그거 참 이상하다고 생각했어. 왜 옷 위에 잠옷을……

이라고 말한 것이 나였는지 봉규였는지는 잘 모르겠다. 나도 가운을 입자마자 그런 생각을 하고 있었으므로. 그리고 나는 그 순간 우리가 매우 부부 같다는 생각 또한 했다. 함께 대형 마트에서 장을 보고 상에 음식을 차려 먹고 설거지를 하고 빨래를 널고 한 침대에 누워 있던 것보다 더 강렬히.

우리가 사는 방엔 없는 게 너무도 많았다. 침대는 매트리스뿐이었고, 그나마도 싱글 사이즈였으며, 식사 때마다 접이식

탁자를 폈다가 접어야 했고, 당연하게도 찬장에 있는 그릇들은 세트가 아니었다.

봉규는 잠시 후 욕실에 가서 찬 물과 뜨거운 물을 번갈아 틀어 적절한 온도를 맞췄다. 그러고는 나를 불렀다. 우리는 가운을 벗고 발을 씻은 뒤 욕조에 들어갔다. 1인용 욕조라서 우리는 무릎을 오므리고 마주 보아야 했다.

욕실이 되게 밝다. 거품 같은 건 없나 봐.

그러게.

봉규의 몸에 매달린 털들이 물속에서 해초처럼 흔들렸다. 물 온도가 높아서 우리의 몸은 수면을 경계로 조금 빨개져 있었다. 몸을 움직일 때마다 우리의 뱃살이 각자 다른 개수로 접혔다. 나는 봉규의 배꼽에서 물방울이 몇 개 솟아오르는 것을 보면서, 어릴 때 살던 집에 있던 욕조를 떠올렸다.

욕조는 욕조의 기능을 하지 않고 빨래 통으로 쓰였다. 가족 모두가 거기에 옷을 벗어 던졌다. 하루는 엄마에게 욕조에서 수영을 하고 싶다고 우기다가 혼났다. 더운 여름이었고 집에는 에어컨이 없었다. 엄마는 욕조에 물을 받는 대신 등목을 해주며, 어른이 되면 왜 욕조를 쓰지 않는지 알게 될 거다,라고 말했다.

우리는 거품을 낸 스펀지로 서로의 등과 팔을 밀어주었다.

욕조의 물은 금세 더러워졌다. 몸을 움직일 때마다 공업 폐수 같은 거품들이 이리저리로 옮겨 갔다. 욕조의 물을 빼면서 우리는 몸의 나머지 부분을 알아서 씻었다. 욕조에서 빠져나가는 물소리가 어딘가에 걸린 것처럼 컥컥댔다. 나는 어떻게 하면 예쁘게 보일까 고민하며 한쪽 다리를 욕조에 살짝 걸친 채 비누칠을 했고 봉규는,

  욕조에 들어간다는 건 굉장히 더운 거구나.

라고 말하더니 찬물로 몸을 헹구고 나가버렸다. 나는 욕조의 물이 다 빠져나갈 때까지 잠시 앉아 있다가 다리털이 자라 있는 걸 발견했다. 세면대에는 깔끔하게 포장된 욕실용품들이 놓여 있었고, 그중에 면도기도 있었다. 포장을 뜯자 작은 털이 하나 끼어 있는 면도기가 나왔다. 누군가가 쓴 것을 재활용한 것이 분명한 그 면도기로, 나는 다리털을 밀었다. 얼마나 많은 연인이 이곳에서 머물렀을까 생각하면서.

  나는 영화에서 본 것처럼 배스 타월을 가슴에 묶고 나왔다. 봉규는 데스크톱으로 볼만한 영화가 있는지 검색하는 중이었다. 한참 컴퓨터를 뒤지던 봉규는 바탕화면에 있는 동영상을 발견하고 틀어보았다. 동영상 속의 장소는 놀랍게도 우리가 있는 이 방이었다. 침대 옆에 놓인 콘솔 위에 카메라를 올려둔 것 같았다. 여자는 애무를 받거나 해주는 중간에 집요

할 정도로 카메라의 위치를 재정비했다. 자기야, 카메라가 살짝 위에 있어야 내 얼굴이 예쁘게 나와,라고 말한 뒤에 과장된 신음 소리를 두어 번 내더니, 다시 카메라의 위치를 바꾸는 식이었다. 여자는 남자에게도 무엇을 할 것인지 어떤 표정을 지을 것인지 일일이 지시했다. 그리고 카메라가 여전히 그곳에 있는지 자주 확인했다.

음, 이건 좀 몰입하기 힘든걸.

봉규는 혼자 낄낄대며 웃더니 동영상을 끄고 텔레비전을 틀었다. 지역 광고가 나왔다. 근육질의 남자가 사이클 머신을 타고 있었다. 나는 침대에 누워 그것을 보면서 저걸 사자고 했다. 모텔의 침대는 막상 누워보니 생각보다 딱딱했고, 이불은 모래처럼 바스락거렸다. 이불을 들추자 시트에 몇 가닥의 음모가 떨어져 있는 것이 보였다. 나는 봉규가 보기 전에 손바닥으로 그것들을 쓸어냈다.

다음 날 집으로 돌아갔을 때, 우리가 널어놓고 나왔던 빨래들은 전부 개어져 있었다. 봉규의 옷가지와 내 옷가지를 교차로 쌓아 올린 빨래 더미의 제일 위엔 내 팬티가 돌돌 말려 가지런히 놓여 있었다.

*

　억대 사기에 휘말린 트로트 가수에 대한 보도가 끝나자 화면이 잠시 어두워졌다. 화면 안에 부모님의 집과 내가 잠시 갇혔다가 풀려나는 순간, 방이 번쩍거렸고 몇 초 뒤에 천둥이 쳤다. 면도칼이 필요한 순간이었다. 나는 화장실로 달려가 면도칼을 찾다가 급하게 몰아친 요의 때문에 그대로 변기에 앉았다. 오줌을 누는 중에 눈물이 흘렀다. 딱히 슬프지 않아도 눈물은 흐르기 마련이고, 죽을 생각이 없는 사람에게도 면도칼은 필요한 법이었다. 나는 휴지를 둘둘 말아 쥐었다. 눈물이 흘러나왔다. 콧물이 허벅지에 끈덕하게 떨어졌다. 여배우들도 진짜 슬플 때는 이렇게 추하게 울까. 삶은 왜 이다지도 영화와 다른지. 왜 모든 순간에도 나는 나를 멀리서 바라보고 있는지.

　그런 생각을 하다가 나는 오줌이 묻은 휴지로 눈물을 닦고 말았다. 얼굴이 오줌 범벅이 되었는데 냄새는 생각보다 고소했다. 뒤마가 말했듯 순서는 중요했다. 나는 자살에도 순서가 있다는 걸 깨달았다. 지금 내가 죽는다면 사람들은 나의 죽음을 봉규와의 결별이나 실직과 연관 지을 것이다. 그래서 나는 죽는 것 대신에 편의점에 다녀오기로 했다.

신호등이 바뀌길 기다리며 횡단보도 맞은편에 서 있는 교복을 입은 학생 두 명을 보았다. 남자아이가 우산을 들고 있었고, 여자아이는 왼손에 컵라면을, 오른손에 젓가락을 들고 그걸 먹고 있었다. 핫바도 아니고 컵라면을, 길에서 먹는 것은 처음 보았다. 두 학생과 가까워졌을 때 나는 둘의 이야기를 들을 수 있었다. 둘은 성선설과 성악설에 대한 이야기를 하고 있었다.

나는 허기를 느꼈다. 들어선 편의점은 밝았다. 이 편의점엔 아무런 도난 사건도 없는 모양이었다. 카운터엔 담배 광고만 붙어 있었다. 나는 컵라면을 계산한 뒤에 초록색 플라스틱 상판에 조심스레 올린 후 비닐을 벗겼다. 뚜껑을 반만 벗기고 물을 부은 뒤 뚜껑을 다시 닫았다. 그런 뒤 젓가락을 가지런히 올렸다. 모든 것이 이런 식으로 순서와 매뉴얼이 정해져 있었으면 좋겠다고 생각했다.

라면이 익는 3분 동안 나는 내가 언제쯤 죽을 수 있을까 생각했다. 물론 실업도 실연도 하지 않았을 때여야 했다. 그러니까 아무래도 사회적으로 안정적인 궤도에 오른 뒤여야 하는 것이다. 어쩌면 영원히 살게 될지도 모르겠다는 생각을 하며 나는 컵라면을 후룩댔다. 몸이 따뜻해졌고, 면도칼 따위는 잊은 채로 편의점을 나설 수 있었다. 집으로 가는 길에 모퉁이를 돌 때마다 편의점 불빛이 나타났다 사라지길 반복했다.

나는 흠뻑 젖은 채 집에 돌아왔다. 수건으로 몸을 대충 닦았다. 베란다의 창문은 물방울로 뒤덮여 있었다. 아파트 단지가 온통 젖었다. 쏟아지는 빗줄기를 보며, 문득 내가 너무나도 안전한 곳에 있다는 걸 알게 되었다. 바깥에서 폭풍우가 몰아쳐도 내부는 건조하게 유지되는 34평의 아파트 안에 지금 나는 있는 것이다. 넓은 거실과 부엌, 거기에 딸린 세 개의 방. 홈시어터와 텔레비전, 그리고 소파까지. 부모님의 집은 모텔이나 봉규의 방과는 비교할 수 없을 정도로 쾌적했다. 나는 조금 놀랐다. 그들이 이룩한 것을 처음으로 객관적으로 바라본 기분이었다. 왜 그동안 나는 이런 것에 한 번도 감탄하지 않았을까.

나는 봉규의 집 옆 건물에 붙어 있는 이번 주 명언이 무엇일지 궁금했다. 봉규에게 어떤 메시지라도 보내야겠다고 생각을 했지만 결국 아무것도 보내지 못하고, 사이클 머신을 타야겠다는 생각만 반복했다. 안장에 앉고 페달에 발을 얹었다. 텔레비전에선 요리 다큐멘터리가 나오기 시작했다. 프로그램 진행자는 여자였다. 여자는 모텔에서 본 동영상 속 여자를 닮은 것도 같았다. 아니, 어쩌면 봉규가 차가운 바닥에 내버려두었던 그 여자일지도 몰랐다. 여자는 환하게 웃으며, 요즘엔 탄수화물이 없는 구석기 식단이 유행한다는 내용을 전달했다. 무를 채 썰어 면을 대신한다는 영상을 보며 나는 이제 뒤마를 떠올렸다. 사이클 머신의 페달을 꾹 밟았다. 아무 데로도 나아가지 않는, 조금은 이상한 자전거였다. 그러나 삶에 도움이 되는 것은 오히려 이런 것들이다. 나는 한 발 한 발 순서대로 번갈아 페달을 밟았다. 진화하는 느낌이었다.

탐정과 오소리의 사건 일지

― 의뢰가 없는 탐정, 겨울

오소리가 고장 난 것은 겨울 초입이었다.

고장 났다,라고 말할 수밖에 없는 상태로 그녀의 일부가 어딘가로 날아갔달까, 그런 느낌으로 오소리는 출근을 이어나갔다. 그러나 출근을 했다뿐이지 일은 하지 않고 의자에 푹묻힌 채 줄곧 휴대전화를 쥐고 게임만 했다. 사무실이 한가했기에 별말은 하지 않았고 그저 이렇게 물었다.

—오소리, 재밌어?

—그냥 하는 거죠, 뭐.

나는 오소리의 휴대전화 화면을 지켜보았다. 작은 액정 안에 오소리의 캐릭터가 달리고 있었다. 달리다가 간간이 미끄러지거나 점프를 하기도 했다. 내가 계속 지켜보고 서 있자 오소리가 휴대전화에서 눈을 떼지 않은 채로 중얼거렸다.

　—캐릭터가 탈출했다는 것이 기본 시나리오예요. 그런데 이 탈출은 끝나지 않아요. 계속 달리고 미끄러지고 점프하고. 그러다가 갑자기 라운드가 끝나요.

　한기가 느껴져 사무실의 가운데에 있는 난로를 켜려고 했지만 기름이 들어 있지 않았다. 창고처럼 쓰는 방에서 끙끙대며 기름통을 들고 왔을 때 오소리가 내 뒤통수에 대고 말했다.

　—겨울이 좋은 점은 기름 냄새가 좋다는 것 정도밖엔 없네요.

　난로에 기름을 흘려 넣자 사무실은 기름 냄새로 가득 찼다. 코가 찡해져서 나도 모르게 눈을 한참 감고 있었다. 눈을 감았는데도 눈 안쪽이 난로 불빛으로 밝았다.

*

　올 한 해 오소리와 나는 세 개의 사건을 해결했다. 봄에는 이끼가 된 남자의 실종 사건을, 여름에는 유명 록 밴드 퍼펙트마그넷에게 선물한 곡을 다시 돌려받고 싶다는 사건을, 가을에는 흐릿해진 엄마가 남긴 보석함의 고양이 장식을 찾는 사건을 해결했다. 생각보다 많은 사건을 해결했고 (전혀 돈이 되지 않는 일들이었지만) 탐정사무소를 개업한 뒤에 불륜 부부의 미행만 한다던 동료에 비해서는 흥미로운 사건들을 맡은 편이었다. 그러나 겨울이 되자마자 아무런 의뢰도 들어오지 않았다. 사무실은 추웠고, 적막했고, 적막 속에서 나는 불안감에 휩싸였다. 간신히 얕은 잠에 들면 이상한 꿈만 꾸었다. 한번은 이끼가 된 남자가 꿈에 나왔다. 봄에 맡았던 실종 사건의 주인공으로, 그는 자신의 평생 꿈인 이끼가 되기 위해 수요일마다 강좌를 듣다가 기어코 습기 찬 화분 속으로 들어간 사람이었다. 부인은 자신의 남편이 이끼가 되고 싶어 한다는 사실을 믿을 수 없는 종류의 사람이었고 나는 적당히, 당신의 부군은 불륜을 저지르다 도피하였습니다,라고 진술한 터였다. 어쨌든 그는 꿈에서 내게 말했다.

—사무실이 너무 건조합니다.

—예?

—가습기를 좀 부탁해도 되겠습니까.

—그래서, 자라지 못하시는 겁니까?

나는 사무실 창가에 놓인, 아무것도 자라지 않는 화분을 생각하며 물었고 남자는 내 주변을 빙빙 돌아다니며 대답했다.

—그건 아닙니다. 다만 왜 이끼가 되려고 했는지 잊었거

든요.

　—이끼가 되려고 가족도 직장도 버리……셨잖아요.

　—그러게 말입니다. 그런데 갑자기 이런 생각이 들었어요. 사실은 아무도 이끼를 멋있다고 생각하지 않는 것이 아닐까. 멋있지 않은 것은 차치하고 오히려 지저분하다고 생각하는 것이 아닐까. 그렇다면 내가 자기만족으로 갈 수 있는 곳은 어디까지일까. 만약 다시 집으로 돌아간다면 그리고 직장에 다니게 된다면…… 아니, 다닐 수 없겠죠. 이끼가 되려고 노력하는 동안 제 인간으로서의 경력은 모두 끝나버렸거든요. 그리고 탐정님, 문제는 이겁니다. 이런 고민을 하는 동안 다리 부근은 거의 이끼가 되어버렸어요.

　남자는 내게 바지를 걷어 다리를 보여주었다. 멀리서 볼 땐 초록색 물이 들어 있는 것 같았지만 자세히 보니 남자의 다리는 틀림없는 이끼였다. 그러고 보니 남자가 걸을 때마다 초록색 뭉텅이가 후드득 떨어져 나오고 있었다. 솔직히 징그러웠지만 그렇게 말할 수 없었다. 그에게는 소중한 꿈이었으니까.

　—이제 돌이킬 수 없어요. 돌이킬 수 없어져버렸는데 왜 갑자기 이런 생각이 든 걸까요. 하루 종일 당신 사무실 창가에 놓여 이런 생각만 합니다. 당분간은 어떤 것도 되고 싶지가 않습니다.

남자가 내 주변을 하도 빙빙 도는 바람에 이끼가 사방에 흩뿌려졌다. 나는 걸레를 찾다가 잠에서 깼다.

다음 날 사무실에 출근하여 창가에 놓인 화분에 손가락을 넣어보았다. 건조했다. 오소리에게 분무기가 어디 있냐고 물으려 했는데, 오소리는 그날 연락도 없이 출근하지 않았다.

*

오소리에게 몇 번이나 전화를 걸어보았지만 받지 않았다. 처음에는 화가 나다가 사무실 문을 닫을 때쯤엔 슬슬 걱정이 되기 시작했다. 나는 오소리의 입사지원서를 꺼내보았다. 사무실 인근의 주소로, 번지수만 적혀 있고 호수는 씌어져 있지 않았다. 오소리가 제출한 서류를 계속 들여다보고 있자니 서류 속의 오소리는 내가 아는 오소리와는 전혀 다른 인물 같았다. 무엇보다 자기소개서가 꽤 본격적이었다. 저는 화목한 가정에서 자라,라고 시작하는 자기소개서 속 오소리는 진취적이고 긍정적이며 이보다 더 이곳에서 일하고 싶어 하는 사람이 있을까 싶을 정도로 구직을 열망하고 있었다. 오소리는 실제 면접에서 '최저시급만큼 대충 일하는 삶이 좋다'라고 했다. 그리고 "고작 이딴 사무실에 미래를 거는 게 아니"라고 했다. 나는 그 대답 때문에 오소리를 채용했었다.

사무실 전화가 울렸다. 나는 재빠르게 수화기를 들었다. 기대했던 전화는 아니었고 앳된 목소리의 남자였다. 주변이 굉장히 시끄러웠다.

—뭐든지 찾아주시나요.

—구체적으로 어떤 것 말씀이십니까.

—여자친구를 좀 찾아주세요.

—실종 사건입니까.

—음, 아뇨.

남자는 뜸을 들였고 수화기 너머에선 여러 명의 웃음이 동시다발적으로 터져 나왔다. 누군가 수화기를 낚아채는 듯 소음의 이동이 일어났다.

—이 새끼가 한 번도 여자를 안 만나봤거든요.

다시금 녹음된 관객들의 웃음소리처럼 '와' 하는 소리가 터져 나왔고, 순간 누군가의 목소리가 작게, 그러나 정확하게 들렸다.

—문화상품권으로 결제되냐고 물어봐.

나는 전화를 끊고 사무실을 나섰다. 그리고 그대로 오소리의 집으로 향했다.

*

　골목이 많은 동네였다. 한때 재개발 지역으로 선정될 가능성에 잠깐 투자가 몰렸던 곳이었으나, 재개발 선정에서 완전히 배제된 뒤에는 빌라들이 우후죽순으로 생겼다고 들었다. 재개발을 노리고 쓰러져가는 주택 열두 채를 구입했던 공무원이 자살했다는 소문을 오소리가 전해주었다. 오소리의 말대로 골목을 돌 때마다 필로티 구조의 비슷비슷한 빌라들이 분양 현수막을 펄럭이며 나타났다. 그리 늦지 않은 시간인데도 불이 켜진 가구가 별로 없었다. 길고양이가 많이 살 것 같은 동네였다.

　오소리의 집은 새로 지어진 빌라들 사이에 끼어 있는 낡은 다세대주택이었다. 꼭대기인 3층을 제외하고는 각 층마다 세 가구씩 살고 있는 듯했다. 오소리는 몇 층에 살까를 추리하며 건물 맞은편 가로등 근처에서 불이 켜진 집을 우선적으로 바라보았다. 2층 창문에 긴 머리의 실루엣이 커튼에 비쳐 흔들리다가 방 안의 불이 꺼졌다. 혹시 오소리가 나를 발견하고는 불을 끈 것일까 생각하다가 막상 오소리의 머리 길이가 기억나지 않는다는 사실을 깨달았다. 어느새 오소리의 모습은 서류에 붙어 있던 증명사진으로 대체되어 있었다. 실제의 오소리가 사라지고 서류의 증명사진으로 대체된 그 사이에, 해는 졌고 뚝 떨어진 기온 탓인지 다리가 굳어 잘 움직이지 않았다. 나는 오소리에게 한 번 더 전화를 하거나 그래도 전화를 받지 않는다면 근처에 있다는 메시지를 보내야겠다고 마음먹었다. 아마도 이유가 있었겠지. 아프다거나 집안에 급한 일이 생겼거나 어쨌든 연락할 수 없는 그런 이유들이. 휴대전화를 꺼내 곱은 손으로 간신히 오소리의 이름을 검색할 때 번쩍이는 불빛과 함께 경찰 두 명이 등장했다. 그들은 곧장 내게로 걸어왔다.

─신고가 들어와서요.

─아, 네. 고생하세요.

그렇게 말하고 다시 휴대전화로 시선을 옮기는 사이 경찰 중 하나가 내 어깨를 짚었다.

─여기 오시면 안 된다니까요.

나는 고개를 들어 경찰들을 바라보았다. 내 어깨를 짚은 경찰은 자못 엄숙한 표정이었고 뒤쪽에 서 있는 다른 한 명은 실실 웃고 있었다.

─무슨 말씀이신지.

실실 웃던 경찰이 점차 다가와 내 얼굴을 빤히 살펴보더니 고개를 갸웃거렸다.

—그 사람이 아닌데요?

내 어깨를 짚고 있던 경찰이 황급히 손을 치우며 고개를 숙였다.

—이런, 착각했습니다. 죄송합니다.

그들은 나를 세워둔 채 2층으로 올라가서 문을 두드렸다. 불은 다시 켜지지 않았고, 엄숙한 경찰은 어딘가로 무전을 치더니 재차 문을 두드렸다.

—좀 나와보셔야 할 것 같습니다.

높은 데시벨. 잘못을 저지르지 않은 사람에게도 잘못을 저지른 것 같은 느낌을 주는 정도의 노크와 말투였다. 실실 웃는 경찰이 예의 웃음을 잃지 않은 채 말했다.

—저번 그분이 아닌데요. 나와서 얼굴 좀 확인하세요.

그러자 걸쇠가 걸린 채로 문이 열렸고 그 사이로 여자의 얼굴이 등장했다.

—내가 저 새끼 때문에 얼마나 고생했는데. 이젠 얼굴까지 확인하라고요? 그리고 그 새끼가 아닌데 왜 저러고 서 있냐고요. 꼭 저 자리에.

—아니, 그러니까 확인하시라는 거 아닙니까. 저희도 신고 마무리하고 순찰 돌아야죠. 그리고 솔직히 말해서 이별 후에 보고 싶다고 매일같이 찾아오는데, 그게 그렇게 매번 신고

할 일입니까? 어떻게, 응, 마음이 그렇게 딱 단칼에 잘려요? 벌써 몇 번째 신고예요? 거참, 사람 마음 좀 헤아리면서 삽시다. 그리고 이분은 그 사람이 아니에요.

그 말을 하며 실실 웃던 경찰의 얼굴에서 웃음이 가셨고, 둘은 점점 목소리를 높이기 시작했다. 그리고 그 순간 놀랍게도 오소리가 내 옆에 서 있었다. 회색 트레이닝복 차림의 오소리는 낮은 목소리로 그르렁댔다. 대체할 수 없는 실재의 오소리였다.

──몇 번째 신고냐고요? 신고만 6번이고 그 새끼가 찾아온 건 한 달 내내예요. 매일 와서 죽겠다고 하거나 죽이겠다고 하는데 도대체 왜 아무도 안 죽는 거죠? 시체가 나와야 수사에 착수할 텐데 말이죠. 시체가 없으면 사건도 없는 거니까.

오소리를 보자마자 그저 반갑기만 했다. 나의 신원을 증명해줄 유일한 사람이기도 했고 그래서 마치 구원자처럼 느껴지기도 했다. 오소리는 작은 눈을 빛내며 경찰에게 계속 쏘아댔고 경찰이 물었다.

──대체 당신 뭡니까.

──오소리예요.

과연 오소리다운 자기소개였다. 경찰은 내게 신분증을 요구했다. 신분증이 없어 명함으로 대신하자 실실 웃던 경찰은 선임에게 내 명함을 보여주었다. 그들은 함께 실실 웃었다. 흥신소 어쩌고,라는 말이 들린 것도 같았고 그들은 곧 경찰차를 타고 골목을 돌아 사라졌다.

*

—뭐라도 좀 마실까.

경찰이 떠나고 동네가 조금 잠잠해지자 나는 바로 앞에 있는 카페를 가리켰고 오소리가 고개를 저었다.

—예전에 알바했던 데라서 안 돼요.

—그럼 편의점이라도?

—거기도요.

할 수 없이 우리는 집 앞에 어색하게 서 있었다. 오소리는 발끝으로 땅을 툭툭 찼다.

—뭔가 자꾸 사라져버리는 기분 아세요? 사라질 게 없는데도요.

오소리가 이런 현학적인 말을 하는 것은 처음이었다. 너답지 않아 오소리, 나는 너의 현실성에 반해서 널 채용했다고,라고 말하기는 뭐해서 나도 함께 발끝으로 땅을 툭툭 찼다.

—우리가 여태까지 해결했던 사건의 의뢰인들은 다들 자

신의 주요한 시절이 있었어요. 게다가 탐정님은 탐정을 하고 싶어서 사무소까지 열었죠. 탐정님이 셜록 홈스를 좋아하는 거 알아요. 그런데 제겐 그런 게 없어요. 그런 시절도 없고요. 마치 제 인생 자체가 시체 없는 사건 같아요. 그냥 계속 졸려요. 잠만 와요.

　—나는 그냥 배우고 싶은 것을 배웠고 내가 할 일을 할 뿐이야.

　—그러니까 나에게는 배우고 싶은 것도 해야 할 일도 없다고요.

　나는 오소리에게 따뜻한 음료라도 사 오겠다고 말했다. 골목을 돌자 편의점이 나왔고 나는 따뜻한 두유 두 개를 골랐다. 편의점 아르바이트생은 무슨 시험을 준비하는지 책을 펴놓은 채 밑줄을 긋고 있었다. 정성스럽게 밑줄을 그은 뒤엔 별표도 쳤다. 그는 뒤늦게 나를 발견하고는 두유를 계산해주었다. 계산에는 당연히 정성이 배제되어 있었고 내가 편의점을 나서자 그는 다시 정성의 세계로 돌아갔다.

　두유의 따뜻함에 의지하며 오소리의 집 앞으로 돌아왔을 때, 오소리는 선 채로 졸고 있었다. 나는 오소리의 볼에 두유를 대주었다. 오소리는 눈을 두어 번 끔벅이더니 비틀거리며 대문을 향했다.

—더 이상은 무리예요. 야행성인데 대낮에 출근하는 것도 이젠 지쳤다고요.

　나는 오소리의 뒷모습을 보고만 있었다. 건물 뒤쪽으로 지하를 향한 작은 문이 나 있었다. 오소리의 집이 왜 지상이라고만 생각했을까. 오소리가 굴에서 사는 것은 당연한 건데 말이다. 돌아오는 길에 나는 고양이를 한 마리도 보지 못했고 후드를 뒤집어쓴 남자가 울면서 언덕을 오르는 것을 보았다.

*

　집에 돌아와 따뜻한 물로 샤워를 하자 얼어 있던 다리에서 경보음이 울리는 것 같았다. 나는 침대에 눕기 전에 책장에서 셜록 홈스를 꺼내 들었다. 홈스에겐 언제나 사건이 찾아들었다. 그 사건들은 모두 매혹적이었다. 베이커가 221B에 입장하는 사람들 또한 그랬다. 그들에겐 모두 주목할 만한 사연과 과거가 있었다. 홈스는 언제나 사건을 명쾌하게 해결했고 자신을 향한 수많은 조롱을 명석한 두뇌로 눌러버렸다. 그리고 그에겐 왓슨이 있었다. 그의 모든 명석함이 왓슨에 의해 기록되었다.

　나는 포털 사이트에 오소리를 검색해보았다. 그중에 눈을 끄는 것은 동면 항목이었다. 오소리는 겨울이 되면 짧은 동면에 들어간다고 했다. 생각해보니 한국에서 오소리로 사는 건 참 힘든 일이었다. 타고난 성향을 모두 바꿔야만 했다. 야행의 습성부터 주로 동굴에서 휴식을 취하는 것, 그리고 겨울이면 찾아오는 동면까지. 어떤 사람은 자신이 태어난 세계와 이다지도 맞지 않을 수 있다.

나는 오소리에게 전혀 화가 나지 않았다는 사실을 깨달았다. 오히려 스스로에게 화가 나고 있었다. 어딘가 고장 나는 사람은 무언가를 간절히 열망하는 사람이라고 생각했는데 오히려 반대였다. 어떤 것에도 열망을 느끼지 못하는 사람이야말로 순식간에 고장 나고 마는 것이다. 갑작스레.

나는 셜록 홈스와 포털 사이트의 검색 기록을 뒤로하고 사무실로 향했다. 뭐라도 정리해야 할 것 같아서였다. 사무실은 어두컴컴한 그대로 그 자리에 지겹게 위치하고 있었다. 바깥쪽에서 본 사무실의 창문에는 흥신소라는 스티커가 붙어 있었다. 탐정사무소라는 이름으로 개업하는 사람은 없다는 부동산업자의 추천 때문이었다. 흥신소라는 단어가 주는 불법스러운 느낌에, 사무실로 들어가기가 꺼려졌다. 하지만 들어가야만 했다.

나는 사무실의 불을 켜지 않는 대신 난로를 켰다. 기름 냄새와 함께 사무실 내부가 밝아졌다. 오소리의 자리에 앉았다. 컴퓨터 옆엔 동화책이 놓여 있었다. 제목은 "추위를 싫어한 펭귄"이었다.

"추위에 떨면서 산다는 것은 바보 같은 일이야. 따뜻한 곳을 찾아가야지."

책을 펼치자마자 등장한 문장이었다. 그러고 보니 오소리의 자리가 꽤 추웠다. 나는 발을 의자에 올려놓고 동화책을 마저 보았다. 추위를 싫어한 펭귄은 몇 번의 실패를 거쳐 결국 따뜻한 남극에 당도하였다. 동화책 근처에는 밀린 고지서들이 차곡차곡 쌓여 있었다. 꾸준히 밀려온 월세며 전기세 들이었다.

어쩐지 망연해져서 오소리가 하던 게임을 다운받았다. 여러 개의 캐릭터 중에 하나를 골랐다. 그들은 마녀를 피해 탈출해야만 했다. 하지만 정말 오소리의 말대로 1라운드의 탈출이 끝나면 2라운드가 시작되었다. 그렇게 무한한 라운드가 있었고 캐릭터들은 달리고 미끄러지고 점프했다. 그냥 뛰는 것은 아니었다. 장애물을 피해 뛰면서 부지런히 동전을 먹었다. 하지만 문제는 어디에도 당도하지 못한다는 거였다.

사건을 의뢰받지 못하는 탐정은 언제까지 탐정일 수 있을까.

나는 그렇게 첫 줄을 썼다. 제목은 "탐정과 오소리의 사건 일지". 창가에 놓인 화분에 종이컵으로 물도 주었다. 어디선가 경찰차인지 구급차인지 사이렌 소리가 울렸다. 세상은 여전히 견고한 곳에 견고하게 남아 있었다. 언제나 나를, 나와 오소리를 비껴간 채 안전한 세상이었다. 꿈에 이끼가 된 남자가 나올까 봐 겁이 났다.

*

봄날에 나는 오소리에게 물었다.

— 오소리, 재밌어?

— 재미가 있겠어요? 그냥 숨 쉬듯이 하는 거죠, 뭐.

펑크록 스타일 빨대 디자인에 관한 연구

내가 빨대맨을 처음 만난 것은 고교 시절, 20세기 후반의 일이었다.

당시는 펑크록이 유행하고 있었다. 낮엔 학교에서 자고 저녁이 되면 슬금슬금 홍대 바닥으로 기어나가던 나는, 모의고사의 세계가 영원히 계속될 줄로만 알았다. 도무지 지금 이것이 나의 실제 인생이라는 생각이 들지 않았다. 누군가 '지금까지는 연습, 이제부터 시작'이라고 말해줄 것만 같았다. 하지만 그런 일은 일어나지 않았고, 펑크 키드들은 매일같이 마약의 이름을 딴 클럽 앞에 모였다.

공연이 있건 없건 밤이건 낮이건 그 클럽 앞엔 항상 펑크 키드들이 어슬렁댔다. 본디지팬츠, 클리퍼, 시드 비셔스의 얼굴과 "Too fast to live, Too young to die"라는 문구가 프린트된 옷이 유행했고, 티셔츠건 신발이건 가리지 않고 스터드 장식 여러 개를 박아 넣었다. 새벽이 되면 누군가 울부짖으며 콘돔 자판기를 부쉈고, 아무 데나 콘돔을 뿌려댔다.

빨대맨은 펑크 키드가 가는 곳마다 늘 나타났다.

그 거리의 빨대들을 한가득 주워, 양손에 쥔 채로. 귀머거리에 벙어리라는 소문이 있었다. 가끔 인사를 건네면 애매한 표정을 지으며 빨대를 내밀었다. 누군가는 장난삼아 받기도 했고 누군가는 지나쳤다. 장난삼아 받은 빨대들은 다시 거리에 버려졌다. 그것들은 콘돔과 함께 거리를 뒹굴었다. 우리도 그것들과 별로 다르지 않았다. 그즈음엔 다들 사생아가 된 것 같은 기분으로 거리를 굴렀다. 물론 진짜 사생아는 아무도 없었다. 다들 고만고만한 가정에서 자라 고만고만한 학교를 다닐 뿐이었다. 부모들은 고만고만한 일로 싸웠고 학교에서는 고만고만한 일들이 일어났다. 그리고 펑크 키드들은 고만고만하다는 것을 못 견뎌 했다.

그래선지 모이기만 하면 불우한 이야기를 늘어놓았다. 가끔은 지어내는 것이 분명해 보였지만 우리는 열심히 고개를 끄덕여주었다. 몇몇은 우울증을 호소하며 병원에 들락거리기도 했다. 내가 좋아하던 여자아이, P도 그런 타입이었다.

P는 안 그래도 날카로운 눈을 시커멓게 칠하고 외국 담배를 피웠다. 아나키즘과 DIY 정신을 찬양했으며, 남성혐오증이 있다고 했다. P와는 늘 스무디를 마시며 이야기를 나누었다. 우리는 많은 빨대를 사용했지만 콘돔을 사용한 적은 한 번도 없었다. P가 모히칸 헤어를 한, 나와 가장 친했던 형과 만나고 있었다는 것은 그로부터 몇 년 후에 들었다. 그러니까 더 이상 거리에 펑크 키드도 빨대도 콘돔도 뒹굴지 않을 무렵에.

빨대맨은 그 거리 어디에서나 쉽게 볼 수 있는 사람이었고, 누구나 빨대맨을 만난 에피소드를 주절대는 데도 나는 좀처럼 빨대맨을 만나지 못했다. 심지어 어떤 밴드가 "빨대맨"이라는 노래를 만들어 그 거리의 모두가 후렴구를 떼로 합창했을 때도.

드디어 그를 만난 것은, 클럽 앞에 쭈그려 앉아 문이 열리길 기다릴 때였다. 수능을 치른 날이었고 좀처럼 아무도 나타나지 않았다. 날은 춥고 흐렸다. 벽에 칠해진 그래피티가 그날따라 음산하게 느껴졌다. 나는 수험장의 분위기에 약간 질려 있었다. 나를 제외한 모두가 진지했다. 무섭도록 고요한 시험장에서 나는, 이것이 나의 인생이고 연습 따위는 없다는 것을 어렴풋이 깨달았다. 시험이 끝나자마자 클럽으로 달렸다. 거리는 아직 밝고 더럽고 조용했다. 누군가 와주길 간절히 바라며 고개를 들었을 때, 그곳에 빨대맨이 있었다. 아래쪽에서 올려다본 그는 중요한 예언을 지닌 메시아 같았다. 그는 내게 빨대 하나를 건넸다. 그리고 조용히 중얼거렸다.

펑크의 시대는 끝났네.

*

2년제 산업디자인과를 졸업한 뒤, 부모님이 운영하는 도서대여점에서 일하고 있다.

산업디자인과에 간 것은 순전히 담임의 권유 때문이었다. 담임은 취미로 색소폰을 배우는 중년의 남자였다. 학교 축제 때는 강당에서 색소폰을 불기도 했다. 전반적으로 촌스러운 사람이었지만 그래도 나는 그를 좋아했다. 그는 모든 것에는 원인과, 그에 따른 해결 방안이 있다고 생각했다. 같은 반 친구를 매일 폭행하는 학생에겐 힘이 넘치기 때문이니 체육 쪽으로, 매일 당하는 학생에겐 마음이 착해서 그런 것이니 복지 쪽으로, 진학하는 것이 좋겠다고 했다. 나의 경우에는 예술적인 끼였다. 담임이 추천한 학교는, 경쟁률 1 대 0.68의, '경쟁'이라는 단어에게 미안해지기까지 하는 학교였다. '비실기' 전형으로, 나는 합격했다.

그전까지 한 번도 그림을 그려본 적이 없었기 때문에 대학 내내 학점은 좋지 않았다. 1점대의 성적을 받을 때마다 나는 잠시 빨대나 빨대맨을 떠올렸다가 잊었다. 늘 누군가에게 미안했다. 그 대상이 학비를 내주는 부모님인 것 같기도 했고, 열심히 그림을 그리는 동기들인 것 같기도 했다. 비실기 전형으로 들어온 다른 친구들과 술을 마시며 자책하고, 군대에 다녀오고, 다시 자책하며 술을 마시다 보니 졸업이었다. 누군가는 학교 앞에 가게를 차렸고, 누군가는 다른 대학으로 편입을 했고, 누군가는 유학을 가거나 이른 결혼을 했으며, 그리고 누군가는 도서대여점에서 일한다.

평일 오전은 지루할 정도로 사람이 없었다. 도서대여점은 인터넷 속도의 빨라짐에 비례해서 점점 사라지는 추세였지만, 부모님이 가게를 처분하지 않는 이유는 세 가지였다. 첫째, 책을 처분하기가 귀찮고, 둘째, 월세가 싸서 내 용돈 정도의 수익은 났고, 셋째, 내가 노는 꼴을 볼 수가 없다는 것이었다.

부모님은 가게를 보면서 공무원 시험이라도 준비하라고 했지만, 그건 부모님이 9급 공무원 책을 펼쳐보지 않은 탓이었다. 의무교육의 교과서도 이해하지 못했던 내가 공무원은 무슨. 하여간 부모들은 자기 자식이 평균 이하라는 것은 꿈에도 생각하지 못하는 모양이었다.

나는 매일 라디오를 트는 것을 일과의 시작으로, 도서 반납함을 열어 책과 비디오를 제자리에 꽂아 넣는 것을 마지막으로 하루를 마쳤다. 그 단정하고 예측 가능한 하루가 반복되는 것이 좋았다. 부모님은 내가 가게에서 일하는 것에 나름대로 만족하자 갑자기 불안해했다. 공무원 시험이 아니라면 사촌 형의 지인이 운영하는 디자인 회사에 취직해, 전공이라도 살려보라는 것이었다. 하지만 성적에 맞춰 간 전공으로 뭔가 살릴 수 있을 리가 없었다.

*

학교를 다니는 동안 나는 그릇과 서랍장과 어떤 건물 내부를 디자인했지만 어느 것도 실물로 제작되지는 않았다. 내가 보기에도 그것은 모두 무용해 보였다. 세계엔 실제로 너무 많은 것이 창조되고 있었다.

*

거르지 않고 책을 빌리러 오는 손님들이 있었다. 한 명은 오전에 가게를 열자마자 무협소설을 빌려가는 사십대 후반의 남자였다. 알고 보니 대여점 근처 동사무소 직원—9급 공무원!—이어서 굉장한 배신감을 느꼈다. 아저씨는 책을 빌려 간 다음 날이면 꼭 책을 반납하고 다음 권을 빌려 갔다. 평일의 동사무소도 도서대여점만큼이나 한가한 곳인가 보다고 나는 생각했다. 아저씨와 나는 꼭 필요한 대화만 나누었다. 7백 원이요, 잔돈 없으신가요, 안녕히 가세요,와 같은. 아저씨는 신간이 나오지 않은 날이면 읽었던 것을 또 빌렸다.

어느 날엔가 아저씨는 화장실을 잠시 쓰겠다며 열쇠를 빌려 갔다. 화장실은 건물 뒤 외진 곳에 있어서 웬만하면 나는 잘 이용하지 않았다. 그런데 그날 오후, 갑자기 배가 아파서 간 화장실에는 거대한 똥이 있었다. 그것은 바가지로 물을 여러 번 붓고 나서야 겨우 내려갔다. 나는 배가 아팠던 것도 잊어버리고 말았다. 다음 날, 평소와 같은 시간에 가게에 온 아저씨는 평소와 다름없이 책을 빌렸다. 그리고 그날 이후로도 종종 거대한 똥을 싸고 물을 내리지 않았다.

다른 한 명은 하교 시간에 맞춰 오는, 교복 치마를 짧게 줄인 여학생이었다. 눈에 익은 교복인 걸로 보아 근처 고등학교에 다니는 것 같았다. 여학생이 빌리는 것은 대체로 학원 로맨스를 소재로 한 인터넷소설이었다. 그녀는 어느 날 책을 빌리다 말고 내게 옆 편의점에서 담배를 사 줄 수 있냐고 물었다. 나는 고민 끝에 내 담배를 빌려 주었다.

그녀는 종종 책뿐 아니라 담배와 담배 피울 장소도 빌리러 왔다. 한껏 우울한 표정으로 내가 주는 디스를 피웠다. 마치 세상의 모든 근심과 좌절은 자신에게 있다는 듯, 담배 연기를 삼켰다가 뿜었다. 나는 그녀가 담배를 피우던 첫날, 가까스로 기침을 참는 것을 보았으나 얘기하지 않았다. 그녀가 어딘지 모르게 펑크 키드를 닮았기 때문이었다. 그녀는 내게 하고많은 담배 중에 왜 디스예요,라고 묻기도 했다. 그런 비슷한 질문은 몇 번 더 이어졌다. 왜 도서대여점이에요, 왜 늘 라디오예요, 왜.

그것이 질문거리가 될 만하다고 생각하지 않았기 때문에 나는 그녀의 질문을 받을 때마다 위축되었다. 모두가 진지하던 그 수험장 한가운데로 던져진 것 같았다. 내 인생에는 항상 '왜'가 비어 있었다. 그래서 나는 '그냥'이라고 대꾸할 수밖에 없었다. 그녀는 그 대답이 시시하다고 했다. 펑크록을 듣게 된 것도 펑크 키드가 된 것도 산업디자인을 전공한 것도 '왜'라는 질문 앞에서는 한없이 시시해졌다.

고등학교 때의 담임이 보고 싶을 지경이었다.

*

 펑크의 시절은 전생의 기억처럼 희미했다.

 마치 디졸브된 영상처럼 누구도 그 전환에 신경 쓰지 않았다. 펑크 키드들은 전국 각지로 흩어졌다. 여자 대학 뒤쪽 골목에 있던 펑크 숍들은 사라졌다. 시드 비셔스도, 빨간 체크도, 스터드 장식도. 20세기의 펑크 밴드들이 앨범을 몇 개 발표하긴 했지만 별다른 주목 없이 묻혀버렸다. 몇몇 펑크 키드와는 연락이 닿았다. 다들 펑크와는 거리가 먼 삶을 살고 있었다. 한번 모이자 어쩌자 하더니 결국 나온 사람은 나를 포함해 셋뿐이었다. 그중 하나가 자신의 단골 술집으로 우리를 이끌었다. 펑크 키드 중 유일하게 음악을 전공한 그였다. 요즘은 뮤지컬 공연에서 반주를 맡고 있다고 했다. 그는 우리에게 최근 어떤 음악을 듣느냐고 물었다. 퇴근길이라 정장을 입고 온 다른 하나는 재즈 쪽으로 빠졌다고 했고, 나는 여전히 우리가 듣던 그 노래들을 듣는다고 말했다. 그러자 음악을 전공한 펑크 키드는,

 3코드만 반복되는 펑크는 이제 좀 지겹지 않아?
라며 처음 들어보는 앨범을 술집 주인에게 신청했다. 요즘 대세는 일렉트로닉이야. 고장 난 수신기처럼 웅웅대는 전자음

이 술집을 가득 채웠다. 재즈를 듣는다던 회사원 펑크 키드가 고개를 끄덕였다. 그러고는,

아, 내 인생도 지겹다.

라고 중얼거렸다. 회사원 펑크 키드는 취직 준비를 1년이나 했다는 말을 하고는 맥주로 목을 축였다. 1년 동안 매일 같은 시간에 일어나, 같은 가게에서 김밥 한 줄을 먹고, 같은 독서 실에 갔다고 말했다. 자리에 앉으면 화장실도 가지 않고 토익 과 상식과 기타 등등을 공부했다고 했다. 그래도 일요일엔 늘 도넛을 먹었어. 그것이 큰 일탈이라도 되는 듯, 그는 약간 웃 었다. 그러더니 덧붙였다.

취업한 뒤로는 같은 시간에 일어나, 같은 건물에 출근하고, 같은 자리에 앉아 일을 한 뒤, 같은 노선의 지하철을 타고 퇴 근하지.

음악을 전공했고 이젠 펑크를 지겨워하는 펑크 키드도 덧 붙였다.

뮤지컬 반주 일도 그래. 같은 시간에 막이 열리면 1분 16초 동안 오프닝 곡을 연주해. 주인공이 "난 남들과 같은 삶을 살 지 않아"라고 말하면 그때부터 약 22초가량 피아노 반주를 넣어. 웃기지. 주인공이야말로 매일매일 같은 스토리의 삶을 연기하는데 그런 대사를 하다니. 어쨌든, 요즘은 내가 마치

뮤지컬 세트의 한 부분이 된 것 같다니까.

*

맥주를 계산한 것은 회사원 펑크 키드였다.

*

우리는 누가 말하지도 않았는데 펑크 클럽 근처로 걸었다. 클럽은 조도가 낮은 조명을 장식해놓은 카페로 바뀌어 있었다. 펑크 클럽이 있던 자리라고는 생각할 수 없을 정도로 따뜻하고 아늑해 보였다. 주변을 둘러보니 바뀌지 않은 가게라고는 길 건너 편의점뿐이었다. 우리는 예전처럼 그곳에서 컵라면으로 이른 해장을 하고 헤어지기로 했다. 물을 부은 지 얼마 되지도 않았는데 라면을 뒤적이며 회사원 펑크 키드가 말했다.

잘 산다는 건 어쩌면 더 완벽히 지겨워지기 위한 걸지도 몰라.

혀가 꼬여 있었다. 나머지는 그 말에 대꾸하지 않고 말없이 면이 익기를 기다렸다. 음악을 전공한 펑크 키드가 삼각김밥의 껍질을 벗기다 말고 말했다.

그러고 보니 삼각김밥은 언제부터 등장한 거야?

도무지 알 수가 없었다. 나는 얼마나 많은 것이 눈치채지 못한 새 등장하거나 사라지고 있는지 궁금했다. 펑크 키드들과 헤어져 집으로 돌아가며, 그들을 더 이상 펑크 키드라 부르지 않기로 했다. 그들은 키드라고 부르기엔 너무 자라 있었다.

*

회사원과 뮤지컬 반주자는 내가 좋아했던 P의 연락처를 알려주었다. 시청 근처에서 만난 P는 살이 약간 붙었다는 것과 화장법이 달라졌다는 것을 빼면 예전과 비슷했다. 요즘엔 누드 메이크업을 고수한다고 했다. P는 나를 스무디 전문점으로 끌었다.

좋아했지, 스무디?

내가 좋아한 건 스무디가 아니라 P였지만 말하지 않았다. 우리는 자리에 앉아서도 한참이나 공통된 화제를 찾지 못했다. 나는 스푼이 달린 빨대로 스무디를 휘휘 저었다. P는 보수 언론사에서 기자로 일하고 있고, 두 살 연하의 포토그래퍼와 사귀는 중이라고 했다. 남성혐오증은 이제 고친 거냐고 묻

자 P는,

내가 그런 말을 했어? 기억이 안 나네.

라고 대답했다. 아나키즘도 DIY도 모두 너무나 이상적인 이
야기였으며 이제는 구조주의자가 되었다고 했다. 항우울제
와 담배를 끊은 것도 오래전이라며 깔깔 웃었다. 그런 이야기
를 듣자 P가 조금은 낯설어졌다. 모히칸 헤어를 한 형은 펑크
밴드를 하다가 들어간 소속사에서 사기를 당하고, 지금은 지
방에서 휴대전화를 판다고 했다. 형이 휴대전화를 파는 모습
은 도무지 상상이 가지 않았다. 아무리 떠올리려고 해도 머릿
속에선 괴성을 지르며 콘돔 자판기를 부수던 장면만 재생되
었다.

탁자에 올려둔 P의 휴대전화가 계속 울렸다. P는 전화를
받더니, 63빌딩 수족관에 잠시 들러야 한다며 같이 가겠냐고
물었다. 나는 P를 따라나섰다. 택시를 타고 가는 길에 P가,

요즘은 수족관 하면 다들 강남에 있는 걸 생각하잖아. 불과
10여 년 전만 해도 수족관은 63빌딩이었는데 말이야.

라고 했다. P가 관계자와 인터뷰를 할 동안 나는 고대어 전시
관을 구경했다. 수족관을 나와서 우리는 근처 식당에서 밥을
먹었다. 밥을 먹고 나서 P는 내게 입가심으로 또 스무디를 먹
을 거냐고 물었다. 나는 화가 났다. P는 나를 스무디에 미친

놈으로 생각하는 것이 분명했다. 혹은 장식으로 데리고 다닐 만한 게이 친구로 생각하는지도 몰랐다.

이런저런 것을 포함해서 나는 스무디가 물도 얼음도 아닌 애매한 음료라는 사실에 제일 화가 났다. 하지만 내가 할 수 있는 것은 스무디 대신 커피를 마시자는 말뿐이었다. 커피숍은 도처에 있었다. 커피숍으로 가득한 이 거리에는 예전에 무엇이 있었을까. 어쩌면 펑크 클럽 같은 것이 있었을지도 모르겠다고 나는 조심스레 추측했다.

커피숍에서 P는 말했다.

구조라는 건 일종의 관계라고 생각해. 사람은 관계를 떠나서는 살 수 없거든. 그래서 자꾸 뭔가를 공유하려는 거야. 그것으로 혼자가 아니라는 것에 안심하는 거지. 그럼 그 관계에서 규칙이 생겨나고. 사람들은 사실 모두 규칙과 소속을 좋아해. 완전한 자유를 주면 인간은 미쳐. 펑크 키드들은 펑크와 아나키즘과 자유에 대한 규칙을 공유했던 거지. 하지만 공유의 대상은 시간이 지날 때마다 바뀌어. 그게 과거와 작별할 수밖에 없는 이유야.

모든 대화거리가 바닥나자 그제야 생각난 듯, P는 내게 근황을 물어왔다. 도서대여점을 운영하고 있다는 나의 대답에 P가,

그래, 넌 예전에도 만화가가 되고 싶다고 했었지.

라고 말했다. 전혀 기억에 없었다.

우리는 오래도록 무언가를 공유하지 않은 사람들이 그러 듯 점점 연락이 뜸해지다가 끊겨버렸다.

*

고대어 전시관에는 이렇게 씌어져 있었다.

고대어: 살아 있는 화석이라 불린다. 고대의 모습을 그대로 간직 하고 있다.

그리고 이렇게 덧붙여져 있었다.

물고기는 진화 과정에서 전(前) 세대를 멸종시키지 않는다.

*

빨대를 발명한 사람은 마빈 스톤이다. 그 이전에 마야 문명 에서도 빨대와 비슷한 것을 사용한 기록이 있다고는 하지만 확실하지 않다. 마빈은 담배 공장에서 일하던 노동자로, 퇴근 하면 술집으로 달려가 위스키를 마시곤 했다. 누군가는 마빈 이 평소에 호기심이 생기면 해결하고야 마는 성격이었다,라고 하지만 나는 동의하지 않는다. 역사 속 인물들은 늘 과대 평가되기 마련이다.

19세기 말, 마빈이 드나들던 술집을 상상한다. 물론 라디오도 없을 시절이라 음악이 흐를 리가 없지만, 나는 굳이 그곳의 배경음악도 설정한다. 19세기 말이라면 교향곡과 오페라가 유행했을 때다. 아마 다 같이 어깨동무를 한 채 아리아의 한 부분을 따라 부르고 있었을 거다. 그들은 21세기엔 아리아를 따라 부를 수 있는 사람이 극소수라는 걸 꿈에도 모른다.

마빈은 그날도 퇴근 후 늘 하던 대로 위스키를 마셨다. 모든 게 지겨웠다. 반복되는 노동에도 지쳤다. 한 번쯤은 예고되지 않은 일이 일어날 법도 한데 그러지 않았다. 몸은 꾸준히 튼튼했고 여느 가장들과 다름없는 고민만 생겨났다. 매일 같은 시간에 일어나 반나절 동안 담배 종이를 말고 같은 시간에 퇴근하여 늘 같은 술집의 위스키를 마신다. 마빈은 바텐더에게 밀짚을 건네받아 위스키를 한 모금 빨았다.

밀짚의 향은 평소와 같이 역했다. 온도에 민감한 위스키에 손을 대지 않으려 밀짚을 사용하는 건데, 밀짚의 향이 위스키의 향을 방해하는 것은 어떻게 설명해야 할지 모르겠군, 뭐 그런 생각을 하며 마빈은 무의식적으로 공장에서처럼 담배 종이를 꺼내어 말았다. 그리고 그것을 깨닫자 퇴근 후에도 고작 종이나 말고 있는 자신에게 화가 났다. 취기에 얼굴이 달아올랐고, 그는 말아놓은 종이를 위스키에 던져버렸다. 바텐더에게 값을 치르고 일어나려 할 때, 그는 말아놓은 종이가 밀짚과 닮아 있다는 걸 깨달았다.

마빈은 그것으로 위스키를 마셔보았다. 종이는 무취로, 위스키의 향을 여과 없이 그의 입에 안착시켰다. 그는 그것을 술집에 있는 몇몇 사람에게 만들어 주었다. 반응은 괜찮았다. 그는 얼마 후 젖지 않는 합성수지로 빨대를 만들어 대량 생산했다. 그것은 빨대의 탄생 순간이기도 했고 마빈이 공장 노동자에서 공장주로 바뀌는 순간이기도 했다. 그 후 그의 삶은…… 매일 같은 시간에 일어나 반나절 동안 특허 서류와 계약서와 수표에 서명하고 같은 시간에 퇴근하는 패턴을 갖게되었다. 늘 같은 술집의 위스키를 마신 것은 말할 것도 없다.

19세기의 삶도 뭐, 별다를 바 없는 것이다.

*

도서대여점을 운영하며 처음으로 적자가 났다.

부모님은 가게를 처분할 준비를 하라고 했다. 지난여름, 아버지는 열 살 연하의 동네 분식집 아줌마와 바람을 피우다가 걸렸다. 그 아줌마의 남편이 집까지 찾아와서 난동을 부렸다. 하지만 그 일이 있고서도 부모님은 평소와 같이 저녁을 먹거나 산에 다니며 지냈다. 어머니는 내게,

　평생 이벤트도 안 하던 양반이 이런 거라도 하니까 고맙게 생각해야지 뭐.

라고 했다. 어머니가 가끔 베란다에서 담배 피우는 것을 나는 모른 척했다. 나는 중고 서적을 매입하는 가게에 연락해서 견적을 받았다. 가게를 운영하는 동안 책이 많이 늘어서 중간중간 설치한 책장이 3단이나 됐는데도 견적은 생각만큼 나오지 않았다.

　가게를 닫는다는 말을 하지도 않았는데, 여고생은 언제부턴가 책도 담배도 빌리러 오지 않았다. 나는 그녀가 입력해놓은 번호로 전화를 걸어보았지만 결번이었다. 그녀가 반납하지 않은 책에는 계속 연체료가 쌓여갔다. 빌려간 책은 『담배 피우는 여신님』 1권이었다. 나는 가게에 남아 있는 2권을 읽어보았다. 평범했던 여자 주인공이 사고로 죽은 부모님의 빚을 갚기 위해 고군분투하는 이야기였다. 결말은 다행히 해피 엔딩이었다. 모두 우연한 사랑과 기회 덕이었다.

　공무원 아저씨는 최근 변비인지 화장실을 쓰지 않았다. 나는 평소처럼 책을 빌리러 온 아저씨에게 가지고 싶은 무협소

설이 있으면 전권을 그냥 드리겠다고 했다. 아저씨는 조금 생각하는 눈치였다.

가게를 닫습니까?

그렇다고 말하자 아저씨는 가게를 한 바퀴 천천히 돌았다. 책장을 이리저리 밀며 한참 동안 책을 살피다가 가지고 온 책을 반납했다. 내가 바코드를 찍는 동안 한참을 말없이 서 있던 아저씨는,

그동안……

이라고 말하고는 얼굴이 시뻘게졌다. 그러더니 그냥 가게를 나가버렸다. 아저씨가 나가고서도 문은, 모두가 떠나고 난 바다에 남은 부표같이 한참을 흔들렸다. 아저씨가 여러 번 빌려 보았던 무협소설을 꺼내두었다가 다음에 드려야겠다고 생각했다. 하지만 그 책이 뭔지 기억이 나지 않았다. 대여 목록을 뒤졌지만 전산상에선 3개월이 지난 목록은 확인할 수 없었다.

나는 의자에 풀썩 앉아, 등 받침대를 젖혔다. 어쩌면 아저씨는 자신의 존재를 내게 온몸으로 어필하고 있었는지도 모른다. 갑자기 그런 생각이 들었다. 만약 그다음 날 내가 그것에 대해 이야기를 했다면 아저씨는 약간 부끄러워하며 그게 말이지,라고 대화를 이어가고 싶었던 걸지도. 그런 거라면 아

저씨의 똥에 대해 아무런 말도 하지 않아서 미안했다.

이렇게 두 단골의 발길이 끊어지고 나니 뭔가 서러운 기분이 들었다. 사실 나는 그들 외에는 아무도 없는 생활을 하고 있었던 것이다. 하루 종일 나누는 대화라고는 7백 원이요, 잔돈 있으세요, 안녕히 가세요,와 같은 것뿐이었다. 누군가와 함께하는 일이라곤 여고생과 담배를 피우는 것이 유일했다. 나는 그것으로 우리가 연결되어 있다고 느꼈던 것이다. P의 말대로, 누구와도 관계 맺지 않는다면 살 수가 없었으므로, 그러고 있다는 착각이라도 해야 하는 것이다.

하지만 나는 책을 반납하지 않은 여고생의 진짜 전화번호조차 몰랐고 공무원 아저씨의 "그동안……"이라는 말을 해석할 수도 없었다. 끈을 놓쳐버리고 오대양으로 흘러가고 있는 부표가 된 느낌이었다.

어느새 라디오 DJ가 바뀌었다. 가게 문을 닫을 시간이었다. 라디오의 세계에는 시작도 종말도 없었다. 그것이 끝없는 윤회를 하는 것 같다는 생각을 하며 나는 라디오를 껐다. 그리고 20세기에 유행했던 펑크 밴드의 음반을 틀었다. 음반 하나가 끝날 때까지 나는 그대로 앉아 있었다. 정신을 차렸을 때 가게는 고요했다. 가끔 지나가는 차의 불빛이 가게 안에 맺혔다가 사라졌다. 나는 가게 문을 잠갔다.

집으로 가는 길엔 편의점에 들러 삼각김밥을 샀다. 편의점에도 라디오가 나오고 있었다. 라디오의 DJ는,

요즘 유적지에 한국어로 된 낙서들이 문제되고 있잖아요. 나쁜 행위인데도, 그래도, 저는 좀 이해가 가요. 그곳에 있었다는 사실을 알리고 싶은 마음 같은 게요. 여러분, 낙서가 좋다는 게 아니구요. 물론 그건 절대로 절대로 하면 안 돼요. 제 말은, 저는 늘 제가 사라질 것 같아서 불안하거든요. 사라지면 기억해주는 사람이 있을까, 뭐 그런 생각이요. 아 지금 7756님께서 문자를 보내주셨네요. 언니, 저희가 기억해주니까요, 그런 생각하지 마세요, 언제나 언니 팬이에요. 감사해요, 7756님……

편의점 앞 횡단보도를 작은 길고양이 한 마리가 가로질렀다. 길 위엔 내가 깨닫지 못하는 수많은 전자파가 어딘가로 향하고 있다는 사실을 떠올리며, 그것들이 모두 누군가에게로 잘 수신되기를 바랐다.

*

펑크는 음악이 아닌 패션으로 유행하기 시작했다. 그것은 마치 육체를 상실한 유령 같기도 했고 전생의 기억을 모두 잊

은 윤회자 같기도 했다. 나는 그런 유행에 편승해서 몇 개의 디자인을 완성했다. 사실 기성품에 스터드 장식을 박은 것에 불과했지만, 펑크록의 종말을 애도하는 마음으로 스케치를 해나갔다.

*

나는 포트폴리오를 옆구리에 끼고 지하철에 올랐다. 사촌 형이 소개해준 디자인 회사는 옛 펑크 클럽과 몇 정거장 떨어진 곳에 위치하고 있었다. 평일의 지하철은 한산했다. 네모난 햇살은 안전하게 바닥에 안착했다. 두 번의 환승을 거쳐, 펑크 키드들이 자주 모이던 역을 지날 때였다. 문이 열리고, 양손에 빨대를 가득 쥔 중년 남자가 탔다. 그는 두리번거리며 적당한 자리를 물색했다.

빨대맨이었다.

21세기의 빨대맨은 조금 늙었고, 조금 추워 보였으며, 냄새가 났다. 꼬질꼬질한 손으로 빨대 끝을 계속해서 잡아당겼다. 빨대맨의 손에 들린 빨대의 종류는 매우 다양했다. 일반 빨대, 주름 빨대, 스푼 빨대, 커피를 저을 때 쓰는 납작한 빨대까지. 빨대맨은 빨대의 진화를 이해하고, 받아들이고 있었다.

그는 내 옆에 와 앉았다. 나는 그를 바라볼 수도 바라보지 않을 수도 없었다. 곁눈질하는 내게 그는 빨대를 하나 내밀었다. 살짝 닿은 그의 손은 각질이 허옇게 부풀어 있었지만, 따뜻했다. 빨대는 오랜 시간 바닥을 굴러다녔는지 끝이 헐어 있었다. 내가 그것을 받아 들자, 빨대맨은 만족한 듯 희미하게 웃었다.

나는 그에게 묻고 싶었다. 지금은 어떤 시대인지, 어떤 것이 사라지고 어떤 것이 생겨나는 건지, 삶의 향방이라는 것이 이렇게 예측 가능해도 되는 것인지, 그리고 나는 언제까지나 이대로 아무것도 아닌 상태로 남아 있는지. 주머니를 뒤져 스터드 하나를 꺼내어, 빨대맨이 건넨 빨대에 꽂았다. 나는 그 순간 나의 한 시기가 끝났음을 예감했다. 그래서 그것을 그에게 돌려주었다. 펑크록 스타일의 빨대를, 빨대맨은 오랫동안 응시하고 있었다.

*

생겨나는 것들은 무언가를 멸종시켰다. 하지만 무엇이 멸종되었는지는 아무도 기억하지 못했다. 그것들은 다시는 들여다볼 수 없는 기억의 퇴적층에 묻혀 사라졌다. 나는 지하철

밖으로 나왔다. 역의 창밖으로는 한강이 펼쳐져 있었고 그 위를 고대어 같은 비행기 하나가 낮게 날고 있었다.

이야기를 상상해드립니다
— 탐정사무소장 송지현

신샛별
(문학평론가)

1. 에피메테우스형 소설가

어떤 작가가 자신의 소설을 두고 '에필로그epilogue'에 불과하다고 말할 때, 그것은 단지 겸양의 표현만은 아닐 것이다. 언뜻 자신의 소설에 대한 소박한 지칭처럼 보이는 그 규정은 '에필로그'를 본론 뒤에 붙는 사족으로서의 '맺음말'이나 '후일담' 정도의 뜻으로 사용하는 관습을 중지시키면서, 그 단어의 의미를 곱씹어보게 만든다. 도대체 에필로그로서의 소설이란 무엇일까. 이 소설집에 실려 있는 이야기들의 공통적 특성을 짐작하기 위해서라면 아무래도 '이야기' 또는 '담화'를 나타내는 가치중립적 어미 '로그-logue'보다는 '에피epi-' 쪽에 주목해보는 것이 좋겠다. '에피'가 삽입된, 내가 아는 가장 오래된 단어는 '에피메테우스Epimetheus'다. 신에게서 불을 훔쳐 인간에게 가져다주고 그 대가로 독수리에게 간을 쪼아 먹히는 형벌을 받은 것으로 잘 알려져 있는 '프로메테우스Prometheus'의 동생. 이 단어들을 활용해 다음과 같은 가정을 해볼 수도 있지 않을까. 작가는 두 가지 유형으로 구분할 수 있다. 프로메테우스형과 에피메테우스형. 자신의 소설을 '에필로그'라고 소개하는 송지현은 물론 후자에 해당할 것이다.

'도전과 모험 그리고 그에 따르는 고통과 시련'으로 요약될 수 있을 프로메테우스의 서사는 수많은 영웅담의 뼈대와도 같은데, 사실 그의 영웅적 면모는 타고난 '예지력'에 힘입은 것이다. '미리 생각하는 자'라는 이름에 걸맞게 프로메테우스는 인간이 불을 가지게 되면 종전과는 다른 삶을 영위할 수 있다는 것을 앞서 내다보았다. 형의 그런 행적이 돋보이게끔, 하필 그의 옆에는 '나중에 생각하는 자'라는 이름을 가진 동생 에피메테우스가 있었다. 형과 대비돼 어리석은 추종자의 이미지를 덮어쓰게 된 그는 프로메테우스의 경솔함에 화가 난 신들이 '인간에게 근심을 주기 위해' 만들어 보낸 인류 최초의 여자 '판도라'를 아내로 맞이한다. "그러나 에피메테우스는 그 선물을 처음 받았을 당시에는 불행을 알아차리지 못했다"○는 대목을 통해 알 수 있듯이 예지력이 없었던 그는 자신이 초래한 불행을 사건이 다 일어난 이후에야 확인했다. 돌이킬 수 없는 일이 이미 눈앞에 펼쳐져 있었고, 어쩐지 자기 탓 같아 미안한 마음이 들기도 했을 것이다. 그러나 그랬기 때문에 그는 근심에 빠진 인간을 쉽게 외면하지 못하는 자, 그래서 최후까지 남아 생각하는 자로서의 운명을 살아가게 된 것이 아닐까. 말하자면 에피메테우스는 프로메테우스의 예지력에 비견될 특출한 '반성력'의 소유자인 것이다.

이 소설집의 제목은 지난 7년간 송지현이 써낸 소설들이 어떤 내용과 형식을 일관되게 취해왔는가를 간명하게 나타낸다. 그의 소설에는 취향을 공유하는 모임의 소멸(「이를테면 에필로그의 방식으로」「펑크록 스타일 빨대 디자인에 관한 연구」), 언니와 아버지의 자살(「선인장이 자라는 일요일들」「좀비 아빠의 김치찌개 조리법」), 애인과의 이별(「구석기 식단의 유행이 돌아올 때」), 가족의 해체(「흔한, 가정식 백반」), 누군가의 실종(〈탐정과 오소리의 사건 일지〉 연작) 등의 사건이 다루어지는데, 그 사

○   헤시오도스,『신통기』, 김원익 옮김, 민음사, 2003, p. 123.

건들은 하나같이 불가항력적인 일들로 설정돼 있다. 에피메테우스형 작가일지도 모르는 송지현은 불가항력의 사건 앞에서 아무것도 '내다보지' 못했던 자로 서서 그저 '돌아보는' 일에 최선을 다한다. 그는 '회고'와 '추적'의 구성적 패턴을 즐겨 사용하면서, 이미 완결된 상태인 사건의 시작과 끝을 다시 조망하고 그 사건이 작중 인물들에게 남긴 의미를 탐문하며 그들이 사건을 경험하는 동안에는 미처 알아채지 못한 진의를 뒤늦게 발견해 보충한다. 그렇게 완성된 아홉 편의 '에필로그epi-logue'들에는 지나간 시절에 대한 그리움과 아쉬움, 불가피한 변화를 감당해야만 할 때의 체념과 우울, 사건 이후를 살아가면서 문득 떠오르는 인생에 대한 근본적 의심과 질문 등이 흩어져 있다. 이 반성력 돋보이는 소설집을 읽다 보면 자연스레 오래된 일기장이나 앨범을 뒤적이는 기분이 된다. 그리고 그런 기분 속에서 우리는 지금-여기의 자기 자신을 만든 인생의 마디들을 되짚어보고 있을 것이다.

2. 저성장 시대 청년 세대의 성인식: 성장소설 3부작

시간은 시작도 끝도 없이 지속적으로 흐른다. 그 유동적 성

질에 단절을 가정하고 표식을 새기기 위해 우리는 상상력을 발휘한다. 시간을 계측 가능한 물질처럼 여기고, 그것들 사이에 순서와 방향이 있다고 생각해보는 것이다. '어제가 지나가면 오늘이 오고 내일이 기다리고 있다'처럼. 같은 방식으로 지금껏 내 삶에 엉겨 붙어 있던 시간을 나에게서 분리해 '과거'라는 딱지를 붙인 상자 안에 욱여넣어 폐기 처분하고, '미래'라는 상자 속에 든 낯선 시간을 방 한가득 부려놓으면 삶이 달라질 것도 같다. 요컨대 '변화'란 시간이 담긴 상자 두 개를 바꿔치기하는 일과 다름없는 것일지도 모른다. 이 장에서 다룰 「펑크록 스타일 빨대 디자인에 관한 연구」「이를테면 에필로그의 방식으로」「선인장이 자라는 일요일들」에는 각각 '시대' '시절' '시기'와 같은 단어가 주요하게 출현하며, 세 편 모두 어떤 '변화'에 대해 이야기하고 있다. 송지현은 분절된 시간을 지칭하는 저 세 개의 단어 주위를 맴돌면서 인물들이 변화의 국면에서 바꿔치기한 두 개의 시간 상자 안에 무엇이 들어 있는가를 골똘히 들여다본다. 물론 그는 에피메테우스형 작가이므로 눈길이 오래 머무르는 곳은 폐기 처분한 시간 상자다. 세 소설이 말하고자 하는 변화가 작가와 동 세대의 청(소)년들이 성인이 되어 사회로 진출하는 과정과 맞물려 일어난다는 점에 유의하면, 이 소설들을 통해 우리는 오늘날 청년 세대가 무엇을 '잃어버리는' 성인식을 치렀는지를 유추해볼 수 있다.

등단작 「펑크록 스타일 빨대 디자인에 관한 연구」부터 살펴보자. 20세기 후반에 고등학생이었던 '나'는 당시 유행하던 펑크록에 심취해 있었다. 그러나 "모의고사의 세계가 영원히 계속될 줄로"(p. 205) 착각했던 나는 딱 수능을 보기 전까지만, 펑크 키드로서의 자기 자신을 긍정할 수 있었다. "나를 제외한 모두가 진지했다. 무섭도록 고요한 시험장에서 나는, 이것이 나의 인생이고 연습 따위는 없다는 것을 어렴풋이 깨달았다"(p. 207). 영원히 알고 싶지 않았던 인생의 비의를 예기치 않게 알아챈 충격을 안고, 클럽 앞에 쭈그려 앉아 있는 나에게 메시아와 유사한 형상의 '빨대맨'이 다가와 계시하듯 선언한다. "펑크의 시대는 끝났네"(p. 208). 소설의 중반부터는 수능 점수에 맞춰 떠밀리듯 들어간 2년제 대학을 졸업하고 꿈도 희망도 없는 막막한 상태로 도서대여점에서 일하는 화자의 따분한 일상과, 전국 각지에 흩어져 "펑크와는 거리가 먼 삶"(p. 213)을 사는 중인 펑크 키드들과의 서글픈 재회 장면이 번갈아가며 나온다. 그 와중에 화자는 '펑크의 시대가 끝났다'는 빨대맨의 말을 뼈아프게 실감한다.

스러져가는 도서대여점을 애용하는 여고생과 공무원의 흡

연과 방분, 그런 일탈을 부추겼을 그들의 지겹도록 지루한 하루, 사소한 일탈마저도 습관이 돼버린 펑크 키드들의 반복적 생활 패턴이 하나로 포개져 화자에게는 거대한 압박으로 다가온다. 공무원 시험을 준비하라는 부모님의 권유와 취업의 곤경 속에서도 남몰래 펑크의 시대를 추억하고 있었던 자기 자신만이 '잘 살고 있지 못한' 것처럼 느껴졌던 탓이다. 회사원이 된 펑크 키드의 술주정, "잘 산다는 건 어쩌면 더 완벽히 지겨워지기 위한 걸지도 몰라"(p. 215)와 펑크 키드 시절 좋아했던 P의 회심 고백 "아나키즘도 DIY도 모두 너무나 이상적인 이야기였으며 이제는 구조주의자가 되었다"(p. 217)는 결정적이었다. "고만고만하다는 것을 못 견뎌"(p. 206) 하는 시대, "난 남들과 같은 삶을 살지 않아"(p. 214)와 같은 다짐이 진지하게 받아들여지던 시대와 화자는 진즉 헤어져야 했다. 구직에 본격적으로 뛰어들면서 "나의 한 시기가 끝났음을 예감"(p. 227)하는 화자의 모습에는 입사를 더는 유예할 수 없게 된 청년 세대의 무기력이 엿보인다. 자유를 추구하는 방법으로서 무질서와 혼란을 옹호했던 펑크의 정신을 버리고, 화자는 빠르게 규칙과 질서를 강요하는 21세기의 현실로 진입한다. 그의 성장이 이토록 쓸쓸하게 그려지는 것은 단지 성인식 자체의 혹독함 때문만은 아닐 것이다. 주지하듯이 20세기에서 21세기로 접어들 무렵 한국 사회가 겪은 진통의 한복판에 그와 같은 청년 세대가 있었고, '펑크'가 금기시되는 21세기는 그들에게서 다양한 종류의 자유를 박탈해갔다.

이 소설집의 표제작이기도 한 「이를테면 에필로그의 방식으로」는 「펑크록 스타일 빨대 디자인에 관한 연구」의 '펑크 키드'라는 일종의 취향 공동체를 '영화 보는 사람들'과 '자물쇠를 열어'라는 명칭의 동호회로 바꾸고, 구성원들이 공유하는 구체적 일화들과 그들 사이의 친밀감을 부각하면서 성장과 입사로 인한 변화를 '탈향'의 차원에서 그리고 있다. 이제 그들에게 과거의 폐기는 사회로 편입되기 위해 통과해야 하는 관문일 뿐만 아니라, 향수병을 동반하는 매우 심각한 의례가 된다. 허름한 양꼬치집을 "고향 같은 곳"(p. 39)이라고 느끼면서 아지트 삼아 모이던 인물들이 "시절의 완성"이라는 제목의 자전적 페이크 다큐멘터리 제작을 모의하는 것으로 사실상 모임을 해체하는 데 이르는 까닭은 단순하다. 그들은 취향만 공유한다면 "4백 킬로미터 넘게 떨어져"(p. 37) 살아도 무방했던 고등학생이 더는 아니었다. 서로 다른 계급적 조건에 발이 묶인 채 서로 다른 꿈을 꾸며 서로 다른 속도로 진로를 찾아나가는 와중에도 이따금 K의 자취방에 모여 '시절의 완성'을 미룰 수는 있었지만, 그들만의 상상적 졸업 유예가 언제까지고 지속될 수는 없는 노릇이다. 그들은 어느새 서로의 미래에 대해 묻고 답하는 것이 어색해진 관계, 올해처럼 내년에도 함께 모여 눈 내리는 장면을 보자는 약속을 쉽게 할 수 없는 사이가 돼 있었다. "그들에겐 이제 새로운 장소가 필요했다. [⋯⋯] 뉴욕이나 파리, 서울처럼 세련된 곳으로. 고향이 아닌 곳으로"(p. 59).

에필로그의 방식으로 말하자면, 사실 K의 자취방은 1층이었고, 창문은 아주 작았다. 사람이 통과할 수 없을 정도로 아주, 아주, 작았다. 그곳에선 아무도 자살할 수 없었을 것이다. (p. 62)

성인식에 탈향이 주는 노스탤지어의 감각을 새기면서 인물들의 미래가 냉혹한 세속적 "알고리즘"(p. 47)에 의해 굴절되리라는 예감을 남기는 이 소설의 백미는 인용된 마지막 문단에 있다. 약간의 취기와 흥분이 뒤섞인, 애정 어린 장난과 농담이 오가는 유쾌한 장면 속에서 성인식의 문턱을 가뿐하게 넘는 것처럼 보이는 인물들의 모습을 보여주던 작가는 여기서 돌연 그들 내면에 실현되지 못한 자살 충동이 있었을 가능성을 제시하고 있다. 죽고 싶다는 말을 자주했던 Y의 여자친구와 연락이 끊어지자 그녀를 살리려고 경찰을 불러 다 함께 한강 다리를 활보하며 소동을 벌였던 장면과 나란히 두고 읽으면 이 에필로그는 더 흥미롭다. 그때 그들이 구하고자 했던 것은 정말 '사진 한 장 가지고 있지 않은' Y의 여자친구였을까. 악보로 치자면 이 에필로그는 도돌이표와 같은 역할을 한다. 처음으로 돌아가서 소설을 다시 읽으며 웃음의 이면을, 지면의 여백에 잠겨 있는 인물들의 슬픔을 발굴해보게끔 유도하기 때문이다. 그러나 에필로그가 본래 그렇듯이, 결론이 바뀌는 것은 아니다. 언제든 돌아가 쉴 곳이 돼주었던 모임은 사라졌다. 그들 중 누군가 다시 자살 충동에 시달린다면, 그때는 홀로 죽음과 맞서야 할 것이다. 전우 없이 세계와 싸우게 된 그들이 재차 승리할 것이라고는 물론 장담하기 어렵다.

이 소설이 넌지시 알려주듯, 송지현의 소설에서 세계란 죽음의 위협과 공포에 상시적으로 노출되는 곳이다. 자살이든 사고사든 의문사든 그의 거의 모든 소설에 죽음이 등장하는데, 그렇게 산재하는 죽음들은 너무 평범해서 사건이 될 수도 없다. 살아간다는 것이 곧 죽어간다는 것과 다르지 않다는 말이 이렇게 철저하게 관철될 수도 있구나 싶을 정도로, 송지현의 소설은 죽음을 인간사의 상수로서 다룬다. 「선인장이 자라는 일요일들」은 '누구나 언젠가 죽는다'는 엄연한 사실이야말로 굳이 배우지 않더라도 저절로 터득하게 되는 세상의 이치, 그렇기 때문에 어른이 되기 위해 꼭 한 번은 대면해야 하는 삶의 진상이라고 말하는 듯하다. 어른의 세계를 힐끗 넘어다보는 사춘기에 접어든 언니가 자살을 기도하지만 그것이 그녀의 가족들에게는 성장통의 한 증상쯤으로 읽히는 까닭도 이와 무관하지 않다. '은혜'라는 평범한 이름, "엑스트라 정도로 흐린" 인상, "가장 무난한 단어들"로 기록되는 학교생활, "딱히 특별할 게 없"는 취향을 가진 언니의 우울은 앞의 두 소설에서 세계가 제시하는 기준에 맞춰 삶의 항로를 결정하고 사회의 일부로 흡수될 때 청(소)년들이 겪게 되는 자아의 손상이나 자존감의 훼손과 흡사하다(p. 15). 누구나 경험하는 우울을 온몸으로 앓으며 언니는 "축축하게 젖어버리는 어느 한 시기"(p. 34)를 지나고 있는 것에 불과해서 "저러다 사람 돼서 나오겠지"(p. 9)라는 엄마의 예측은 꼭 맞아 떨어진다. 자살을 기도한 언니를 부축해 병원으로 옮겨 치료를 받게 하는 장면의 심각성을 경감시키려는 듯 빈번하게 배치한 우스꽝스러운 문장들의 배후에는 성장통이란 그리 특별한 게 아니어서 시간이 흐르면 자연히 사라진다는 확신이 있다.

그런데 이처럼 성장통에 호들갑스럽게 반응하지 않으면서, 성장을 "바삭하고 건조해지는 것"(p. 34)이라고 정리하는 결말은 산뜻하지만 좀 묘한 데가 있다. 한없이 자유롭고 특별히 고귀해지고 싶다는 언니의 열망으로부터 멀어지는 것이 입사의 본질이라면, 그렇게 건조(乾燥/建造)된 성인은 미래에 대해 어떤 욕망을 품을 수 있을까. '언니는 왜 자살을 기도했는가'라는 수수께끼의 답을 추적하면서 동생인 화자가 성장의 의미를 깨우치는 이 소설의 후반부에서 동생은 언니에 이어 성장통을 앓지만 가족들 앞에서 보란 듯이 자살을 기도했던 언니처럼 무모하지는 못하다. 여기서 언니와 동생 사이의 차이를 파악하는 것은 꽤 중요하다. 이 소설을 포함해 송지현의 소설들이 인물들의 불행을 과장하지 않으면서, 때로 불행을 상쇄해버리는 유머러스한 장면을 통해, 거창한 꿈 없이 불행을 짊어진 채로 하루하루를 살아가는 어른들의 복잡한 정서를 독자에게까지 실어 나르는 데 성공하는 동력은 바로 동생이 소유한 인간사에 대한 관점과 태도에서 비롯하는 것처럼 보이기 때문이다.

"언니의 슬픔에 공감할 수가 없어서"(p. 17) 언니의 기분을 치기 정도로 낮춰보았던 동생의 관심은 허름한 세탁소를 운영하는 궁색한 살림에도 자식에게 무한한 애정을 주는 부모님의 일생과, 재개발이 추진되다 멈춘 황량한 마을의 풍경과, 재개발이 무산되자 투자한 돈을 잃고 신세를 비관해 투신 자살을 했다는 공무원의 잔영에 쏠려 있었다. 그것들을 "목을 맨 시체처럼 보이기도" 하는 세탁소 천장에 매달린 옷의 처지에 투영해보면 "결국엔 건조되어 천장에 나란히 매달리는 것, 그것이 세탁의 운명"이라는 결론에 도달하게 됐고(p. 29), 겉으로는 저마다 달라 보이는 행인들의 옷이 모두 "세탁의 운명을 크게 벗어나지는 않을 거"(p. 32)라고 예측할 수 있었다. 즉 이 소설의 화자는 삶을 개별 인간이 통제하고 운용하는 소유물이라기보다, 인류사의 차원에서 파악하려고 한다. 인류사적 시야에서 보면 시시콜콜한 행운과 불행은 그 경중에 관계없이 희미해지고, 삶이란 '태어나 노동하여 먹고, 싸고, 자고, 죽는' 인류 보편의 조건과 한계를 벗어나지 못한다. "그러니까 확률로 따지자면 [……] 로또나 희귀 불치병과 비슷비슷하다"(p. 20)라든가, "어차피 대대손손 이런 식일 겁니다"(p. 61)라든가, "물고기는 진화 과정에서 전(前) 세대를 멸종시키지 않는다"(p. 219)와 같은 거시적 통찰이 가미된 문장들은 송지현의 소설이 삶을 부감으로 지켜보고 있다는 증거 중 하나다. 인류사적 참조를 동반한 '나'와 '가족', 그리고 개별 인간의 '불행'에 대한 객관화. 송지현은 이 거리두기에 철저하다. 그 객관화가 미래에 대한 섣부른 기대와 순진한 희망을 버리게 하는 결정론적 사유, 예컨대 '누구든 언젠가 죽는다. 그러므로 헛된 욕망으로 아등바등하며 살 필요는 없다'는 생각의 근거가 되기는 하지만, 그것이 '재개발'과 같은 천운에 기대서만 삶의 개선을 도모할 수 있는 저성장 시대, 모두가 '공무원'을 꿈꾸지만 정작 공무원도 삶을 비관해 자살을 하는 한국 사회가 배태한 사고방식이라는 것을 부인하기는 어렵다. 송지현은 더 나은 미래가 있다는 미망을 좇으며 자기 앞에 놓인 불행의 세목을 전시하기보다, 미래 없는 세계로 훌쩍 건너가서 불행에 초연한 사람들의 일상과 내면을 스케치하는 길을 택했다. 비전 없는 나날에도 엄연히 존재하는 웃음과 슬픔, 그런 소소한 삶의 기척들을 포착하고자 하는 그의 소설이 나는 차라리 진솔한 리얼리스트의 선택처럼 보인다.

3. '이상한' 가족의 '정상적' 식사: 가족소설 3부작

제목에서부터 음식 냄새가 풍겨오는 것만 같은 세 편의 소설, 「좀비 아빠의 김치찌개 조리법」 「구석기 식단의 유행이 돌아올 때」 「흔한, 가정식 백반」은 모두 '가족'을 주인공으로 삼고 있다. 가장 소박한 의미에서 가족이란 '식구'이니 이 제

목들이 한데 모여 환기하는 것은 우선 '다른' 식사의 형태만큼이나 '다른' 가족의 모습일 것이다. 송지현은 이 소설들을 통해 한국 사회의 정상 가족 판타지, 즉 이성애 부부와 그들의 자녀를 기본으로 상정하는 단일한 가족의 유형 및 그 울타리 내에서 각 구성원이 분담해야 한다고 여겨지는 역할을 의문시하면서, '먹는 일'과 관련된 범속한 이야기가 어떻게 가족주의에 대한 비판적 고발이자 정상성에 대한 철학적 문제 제기로 이어질 수 있는지를 보여준다. 다양한 사람들이 제각기의 특성을 가진 가족을 꾸려 사는 현실을 재현하는 이 소설들의 넓은 품은, 개인을 두고 그의 까마득하게 먼 가계도까지 그려볼 줄 아는 송지현의 인류학적 상상력, 이를테면 「좀비 아빠의 김치찌개 조리법」에 나오는 다음과 같은 장면에 깃들어 있는 엉뚱한 과감함에서 오는 것 같다. "나는 맥반석계란 하나를 깠다. 매일 같은 자리에 앉아 같은 게임을 하는 남자는 컴퓨터 앞에 엎드려 자고 있었다. 나는 게임하는 남자의 부모를 생각한다. 정확히는 그의 부모와 그의 관계 도표인 삼각형을 생각한다. 그의 부모 중 한 명과 그의 부모의 조부모가 그리는 삼각형을 생각한다. [……] 그렇게 끝없이 부활하는 가족의 고리를 만들다 맥반석계란에 소금을 찍었다. 가족의 고리만큼이나 다양한 가족의 생활, 그 가족의 인원수만큼 다른, 그들이 꿈꾸는 가족……"(pp. 97~98). 세 편의 소설을 읽으며 (이미 존재하는 현실을 부정하는) 누군가는 '정상(正常)' 가족이라고 부르지 않을 세 가족을 차례로 만나보면서, 우리는 가족에 대해 지금—여기의 그것과는 다른 '이상(異常/理想)'을 꿈꿔볼 수도 있을 것이다.

「좀비 아빠의 김치찌개 조리법」은 불륜을 저지르고 교통사고를 낸 엄마가 구치소에 갇힌 후, 한 달간 실종됐다가 좀비가 되어 나타난 아버지의 이야기를 딸의 입장에서 들려준다. 아버지 외에도 좀비로 변신해 돌아온 사람들이 많았고 병원에서 사망진단을 받았다는 것 말고는 그들이 생전과 다름없는 모습이라는 환상적 설정을 바탕으로, 이 소설은 좀비와 인간이 뒤섞여 살아가는 기이한 시공간을 심드렁하게 묘사한다. 딸은 좀비가 된 아버지의 '변함없는' 일상을 관찰하여 기록하는데, 특히 주말마다 자신만의 독창적 조리법으로 김치찌개를 끓여 먹는 습관에 대해서라면 아버지는 완고했다. 좀비가 되기 전까지 자신이 만든 철칙을 틀림없이 준수하며 살아온 아버지의 내력이 딸의 진술로 회고되는 대목에 주의하면, 아버지가 엄수하고자 하는 '김치찌개 조리법'이란 가족에 대한 그의 이기적 욕망과 소원의 상징물이라는 것을 어렵지 않게 알 수 있다. "아버지가 중시하는 것은 식사였다.

내가 몇 시에 잤든 6시엔 꼭 깨워서 아침 식사를 했다. 7시에
퇴근하여 저녁을 같이 먹고, 9시엔 뉴스를 보며 과일을 깎아
먹었다. 주말 저녁엔 꼭 참치김치찌개를 끓였다. 식사 외에
도 정해진 것들은 많았다. [……] 20년이 넘도록 그랬다"(p.
103). 그러니 "나는 평생을 완벽한 김치찌개를 만들기 위해
애썼다"(p. 107)는 아버지의 토로는 '완벽한 가족'이라는 환
상을 실현하기 위해 자신이 얼마나 힘겹게 인내하며 살아왔
는가를 헤아려달라는 절절한 애원으로 들리기까지 한다. 성
실한 생계부양자이자 자상한 남편이면서 동시에 엄격한 가
장이 되기 위해, 이 소설의 아버지는 김치찌개 조리법의 '정
답'을 찾는 심정으로 분투해왔던 것이다.

그러나 모녀는 오래전부터 아버지가 강제하는 규율 바
깥에 있었고, 엄마의 외도로 그 사실이 아버지에게 발각된
다. 아내의 외도 상대가 "김치찌개 끓이는 법을 모를 거"라
고 맹신하는 아버지, 피서지에서 우연히 만난 어느 "가족의
김치찌개 끓이는 방법이 '틀렸기' 때문"에 그들과 싸웠다고
당당하게 자신을 추어올리는 아버지, 그는 자기 자신을 유
일무이한 진리이자 절대자로 신봉하는 독재자와 얼마나 다
른가(p. 107). 이 소설은 가부장적 남성성의 중핵을 예리하게
건드리면서도, 그것을 '명령하는 폭군'이 아니라 '고집 센 좀

비'로 형상화함으로써, 그에 대해 우리가 취할 수 있는 두 가지 입장, 즉 '거부'와 '수용'을 동시에 제안한다. 가령 "아버지, 우리는 서로에게 모두 다른 괴물이야. 어떻게 완벽할 수 있겠어. [……] 나는 되살아난 아버지에게 이제 김치찌개는 좀 관두세요,라고 정중히 부탁했다"(pp. 108~09)처럼 아버지의 억지를 지긋이 훈계하는 대목이 전자를 염두에 둔 것이라면, "아버지는 손목을 그었다. 피가 찔끔 나오다가 굳어버렸다. 일을 하러 가야 했다./아버지는 수면제를 먹었다. 일어나니 출근 시간이었다. 일을 하러 가야 했다./아버지는 베개로 자신의 얼굴을 눌렀다. 이미 숨을 쉬지 않고도 잘 살아 있었다. 일을 하러 갔다./아버지는 총을 구해달라고 했다. 총은 불법인 데다 비쌌다. 일을 하러 갔다./아버지는 사장에게 지랄했다. 월급이 깎였다. 일을 했다"(p. 92)처럼 아버지의 '죽어서도' 계속되는 노동의 고난을 특유의 시적 리듬감에 얹어 전달하는 대목은 후자를 예비한 것으로 보인다. 말하자면 이 소설은 '고집 센 좀비' 아버지를 '제한적으로 포용하는' 길을 시사하고 있는 것인데, 이와 같은 균형적 선택은 아버지 역시 한국 사회를 망령처럼 떠돌아다니는 정상 가족 판타지에 전염된 '좀비'에 불과한 것 아니겠냐는 생각, "아무런 상처도 없이 살아가는 사람들의 이야기"는 "재미가 없었다"는 작가의 취향이 결합된 것일 터다(p. 91). 화자의 '생일'에서 시작해 '생리가 멈추지 않는 동안에' 진행된 이 소설은 어떤 가족이 '피 흘리며 다시 태어나는' 이야기가 아닐까.

「좀비 아빠의 김치찌개 조리법」이 '정상적' 가족의 소멸과 '이상적' 부활을 말하고 있다면, 「구석기 식단의 유행이 돌아올 때」는 동거 커플의 이별 전후를 돌아보면서 '정상'에 대한 집착 가운데 있는 '비정상'의 단면을 포착하고 결혼에 대한 우리의 '이상'을 심문하는 소설이다. '나'와 '봉규'는 3년을 비좁은 원룸에서 함께 살았다. 최근 실직을 한 데다 봉규와 헤어진 나는 별수 없이 H시에 있는 부모님의 아파트로 이사를 한다. 내가 편의점 앞에 쓰러져 있던 여자를 두고 봉규와 얼마나 다른 인상과 기억을 가지고 있는지를 확인하는 절차는 이별을 피할 수 없을 정도로 멀어져버린 봉규와의 거리를 가늠해보는 의식 같다. 부모님의 집으로 이사하며 느낀 "이미 머나먼 다른 곳에 도착한 기분"(p. 162)은 봉규의 원룸으로부터의 물리적 거리를 가리키는 동시에 헤어진 연인과의 심리적 거리감을 표현한 것이기도 하다. 옮겨 온 집에 적응하는 것과 봉규와의 관계를 청산하는 일은 나에게 '구석기 식단으로의 변경'이라는 과업으로 수렴된다. '식단'이 가족의 형태와 생활 방식을 내포하는 단어라는 점에 착안하면 '구석기 식단'이란 동거를 끝내고 부모님 집에 임시로 머물게 된 1인 가구로서의 '불안정한' 장래를 은유하는 것일 텐데, 그도 그럴 것이 나에게 친구 '뒤마'는 청첩장을 주면서 다음과 같은 인상적인 말을 남긴 바 있다. "인간은 항상 정착하는 방식으로 진화해왔어. 신석기 혁명이 왜 일어났겠니. 모험하고 사냥하고 아무나 만나는 게 더 나았으면 계속 그렇게 살았어야지. 그러니까 결혼 제도는 일종의 농경 사회로의 진입이라고 해야 할까. 너도 이사 다닐 생각하면 피곤하잖아"(p. 171). 이사의 피로를 떠올리던 와중에 들은 뒤마의 충고는 나에게 모종의 패배감을 안겨주었을 것이다. 그의 주장을 따른다면 결혼이란 구석기에서 신석기로, 야만의 시대를 뒤로하고 정착 생활을 하기 위해 성공적으로 완수해야 하는 미션이 아닌가. 그렇다면 나는 신석기 혁명에 동참하지 못한 낙오자가 된 것일까.

나와 봉규가 "대형 마트에서 장을 보고 상에 음식을 차려 먹고 설거지를 하고 빨래를 널고 한 침대에 누워" 살았음에도 불구하고 "우리가 갖지 못한 모든 것"이 갖춰진 모텔에 가서야 아이러니하게도 "매우 부부 같다는 생각"을 했던 과거의 일화는 결혼의 '혁명' 같은 성격을 예증하는 에피소드일 것이다(p. 177). 그러니까 결혼이란 내가 가진 모든 것을 걸어 갖지 못했던 것을 갖는 선택, 이를테면 'All in or Nothing'의 게임이다. 그러나 이 소설은 그렇기 때문에 결혼이란 '모두 잃어버리는' 성공이 될 수도 있다고 경고한다. 동성애자 뒤마가 이성애자로 둔갑해서까지 결혼을 결심한 이유가 "여자 쪽에서 집을 해 오기로 했어"(p. 172)로 해명되고 "내가 여자랑 잘 수 있을까"(p. 173) 중얼거릴 때, 결혼은 단지 주거의 안정을 도모하기 위한 궁여지책에 불과해지는데, 마침 그때 내가 주머니를 뒤적이며 연인과의 '불안정한' 관계에서 주머니에 넣었던 것들을 떠올리는 장면은 절묘하다. 내가 봉규와 "사는 방엔 없는 게 너무도 많았"(p. 177)으나, 내가 "봉규와 함께 있을 때 주머니에 넣어두었던 것들"(p. 173)은 분명 있었다. 물질적으로는 가진 게 없었어도 정신적으로는 다양한 것을 가져볼 수 있었던 과거를 환기하면서 나는 뒤마의 빈 주머니를 상상하고 있지 않았을까. 부모님의 34평 쾌적한 아파트를 둘러보며 "왜 그동안 나는 이런 것에 한 번도 감탄하지 않았을까"(p. 183)를 자문할 때, 이미 나는 뒤마를 타산지석으로 삼아 봉규와의 이별이 준 낭패감을 완전히 극복한 것처럼 보인다. "아무 데로도 나아가지 않는, 조금은 이상한 자전거"를 타고 "진화하는 느낌"에 사로잡혀 있는 나는 '물질적 소유에 근거하여 상상되는 정착과 안정, 그리고 결혼에 대한 낡은 생각'으로부터 남들보다 먼저 '혁명'을 이룬 선각자처럼 보인다(p. 184). '소유'와 '정착 또는 안정' 사이에 있는 '정상적' 고리가 어떤 의미에서 '비정상적'으로 작동하고 있는지를 설득하는 이 소설은 결혼을 둘러싼 우리의 이상을 변경할 것을 요청한다. 이것은 소유에 관해서는 역사상 가장 무능력한 세대로 전락해 결혼에 대한 일말의 소망도 염원도 환상도 품지 않게 된 우리 시대 청년들의 속마음이기도 할 것이다.

'24시간 여성 전용 사우나'에서 만난 중년의 여성들과 그중 한 여성의 딸인 화자가 함께 여행을 떠나는 여정을 그리는 「흔한, 가정식 백반」은 로드무비의 문법을 따르면서도 거기에 예기치 못한 '사건'이 아니라 '사연'을 삽입하는 기지가 발휘된 소설이다. 형식적으로 보면 바다라는 도착지를 향해 가는 도중에 '행복식당'이라는 경유지에 들르는 중심 플롯에 인물들이 살아온 이력들이 덧붙는 모양새인데, 흥미롭게도 그 곁가지 이야기들이 중첩된 결과 도착지가 24시간 여성 전용 사우나, 즉 출발지와 같은 곳으로 변경된다. 요컨대 이 소설은 '여행'의 외양을 띤 '귀향'의 서사이고, 이 경우 여행의 목적은 '집'의 필요와 의미를 재확인하는 것이 된다. 의지가지없이 살아온 여성들은 24시간 여성 전용 사우나에 둘러앉아 서로의 "언니 혹은 이모"(p. 133)가 되어 각자가 어떤 고민과 역경, 시련과 절망을 지나왔는지를 이야기하고 듣는다. 부모님의 재력과 즉흥적 성격 때문에 마음 나눌 친구가 없이 자랐고 유일하게 곁을 내주었던 친구에게도 적의를 느낄 수밖에 없었던 '고목 이모'의 사연, 알코올에 의존하는 데다 폭력적이기까지 했던 남편에게 시달리다 별거를 하게 된 '103호 이모'의 사연, 늘 집안에 부재했던 남자의 역할까지 짊어지며 살아온 '엄마'의 사연, 여기에 3년간 연애한 남자친구와 최근 헤어진 '나'의 사연까지 더해진다. 사우나에서 여성들이 누리는 안온하고 여유로우며 활기 넘치는 한때가 묘사되는 대목이나 한증막을 '동굴 또는 방공호'에 비유하며 그곳의 포용성과 안전성을 강조하는 부분은 이 소설 속 여성들에게 24시간 여성 전용 사우나가 곧 집이었다는 것을 설득력 있게 웅변한다. 그러므로 다음의 문장에는 어떤 과장이나 꾸밈도 없다. "이곳에서 우리는 대가족이었다. 수많은 언니와 이모 사이에서 어떤 날은 이곳이 진짜 집이고 모두가 진짜 가족인 양 느껴졌다"(p.152).

이처럼 이들의 '여행-귀향'은 '집'과 '가족'의 의미를 세상의 기준에서가 아니라 자신들의 기준에 맞게 조정하고 확정하는 과정이었는데, 그 여로에서 한 명의 가족이 더 생긴다. 별거 중이던 103호 이모의 남편과 식당을 운영하며 같이

살았던 "동남아시아계 여자"(p. 142). 그녀가 만들어준 "가정
식 백반 [……] 그냥 집에서 먹는 거랑 똑같"(p. 138)은 순두
부찌개와 된장찌개를 나눠 먹으면서, 인물들은 각자의 사연
을 풀어놓기 시작한다. 저마다 다른 빛깔과 질감을 가진 세월
을 살아왔으나 '흔한, 가정식 백반'을 앞에 두고서는 "손을
마주 잡고 울기"도 할 만큼 서로의 사연에 쉽게 공감할 수 있
었다. 서로의 인생을 너무 잘 알겠어서 괴롭고 답답하면서도
또 그만큼 서로가 안타깝고 애틋하고 귀하게 여겨지는 관계,
그런 관계를 만났을 때의 난처한 희열을 "지랄 맞게 꿀꿀하
네"로 능청스럽게 요약하면서, 이 소설은 '가족소설'에 대한
기존의 관념들과 경쾌하게 선을 긋는다(p. 147). 여기에는 혈
연에 연연하는 장면도, 가부장 또는 남성의 그림자도, 고정된
성 역할을 수행하는 빤한 인물도 없다. 여성들의 우애가 핵심
이 되는 이 새로운 가족의 미래가 소설의 마지막에서 다음과
같이 아름답게 묘사될 때, 나는 마를렌 고리스Marleen Gorris
감독의 영화 「안토니아스 라인Antonia's Line」(1995)을 처음
봤을 때와 꼭 닮은 설렘을 아주 오랜만에 느꼈다.

　　나는 떠다니는 해초를 주워 여자의 귀에 꽂아주었다. 여자가 웃
　었다. 여자에게 별명을 지어주어야겠다고 생각했다. 그러고 나서

언니라고 불러야지. 여자의 뒤쪽으로 분홍색 돌고래가 뛰어올랐다. 사람들이 손뼉을 쳤다. 나도 깔깔거리며 웃었다. 고개를 돌려해변을 보니, 엄마와 이모들이 모래찜질을 하고 있었다. 고목 이모의 모래 더미는 커다래서 마치 봉분이 솟아오른 것 같았고, 103호이모는 그 옆에서 잠자리 안경을 쓰고 무언가에 골몰해 있었다. 엄마는 돗자리에 앉아, 필리핀 사람들의 사주를 풀이해주고 있었다. 나는 물에 둥둥 떠올라 하늘을 보며 웃었다. 모두 행복한 미래뿐이었고, 나는 물 꿈을 꾸고 있으니 깨어나면 복권을 사볼까, 생각했다. (p.154)

비록 소설 안에서는 나의 '꿈'으로 처리되는 장면이지만, 어떤 꿈 없이 '다른 현실'을 생산하는 것은 불가능하다는 말에 수긍할 수 있다면, 이 꿈만큼 지금-여기에 요긴한 꿈은 없지 않을까. 이것은 한국 사회가 최근 몇 년간 맹렬히 페미니즘을 공부하고 연습하고 실험하며 열망해온 '다른 현실' 중하나다. 이 소설의 여성들에게 애초 '바다'란 해방과 자유를상징하는 목적지였고, 현실에서 그녀들은 '물 근처'인 '24시간 여성 전용 사우나'에 머물고 있다. 그녀들이 "모두 행복한미래", 그러니까 '바다'라는 '다른 현실'에 다다를 수 있을지는 아직 알 수 없다. '다른 현실'이 단지 '꿈'으로만 남지 않도

록 '미래'를 향한 구체적 노력과 실천들이 절실한 지금-여기
에 때마침 이 소설이 도착했다는 것이 다행스럽고도 또 고
맙다.

4. 진실이 아니라 이야기의 편에서: 탐정소설 연작

탐정소설이라고 하면 으레 아서 코난 도일의 셜록 홈스부
터 떠올리기 마련이다. "홈스는 언제나 사건을 명쾌하게 해
결했고 자신을 향한 수많은 조롱을 명석한 두뇌로 눌러버렸
다"(p.199). 그는 복잡하고 난해한 사건 현장을 일목요연하게
정리하고, 여느 인물들은 눈여겨보지 않은 결정적 증거를 수
집하며, 숨겨진 진실을 추리하는 비상한 능력과 재주를 가졌
다. 그러니까 탐정소설의 성패는 '진실을 찾는 사람'으로서
의 탐정의 활약상을 얼마나 드라마틱하게 보여주느냐에 달
린 셈이다. 그러나 송지현의 탐정소설, 〈탐정과 오소리의 사
건 일지〉 연작은 그와 같은 탐정소설의 일반적 경향과는 전
혀 무관해 보인다. 이 소설들은 부제에 나와 있는 계절 표기
'봄, 여름, 가을, 겨울'에서 짐작할 수 있듯이, 화자인 탐정
'나'와 그의 조수 '오소리'가 한 해 동안 맡아 해결한 세 가지

사건을 계절순으로 기록하고 있는데, 그 안에서 도드라지는 것은 의아하게도 진실을 찾는 사람이 아니라 '진실을 외면하는 사람'으로서의 탐정의 모습이다.

예컨대 일명 '이끼 사건'의 진실은 실종된 남자가 보통의 삶을 저버리고 이끼가 되기 위해 부단히 노력하다 마침내 그 꿈을 이루었다는 것이었는데, 탐정은 그의 아내에게 "부군께서 외도를 한 것은 사실이며 그녀와 떠난 것이 맞다"(p. 69)고 진술한다. "남편은 분명히 수요일의 여자와 도망갔을 거"(p. 67)라는 부인의 의심을 확신으로 만들어준 이유는 "부인은 자신의 남편이 이끼가 되고 싶어 한다는 사실을 믿을 수 없는 종류의 사람"(p. 189)으로 보였기 때문이다. 해외 유명 록 밴드 '퍼펙트마그넷'의 보컬 '존 브라운'의 죽음이 알려진 후 그에게 수년 전 선물한 곡을 돌려받고 싶다는 의뢰를 받고서는 어떻게 했던가. "난 늘 의뢰인을 믿어. 하지만 모든 진실이 반드시 그들을 행복하게 만드는 것은 아니잖아. 차라리 모두가 그것이 환상이었다고 말해주면 그는 이제 아무것도 없는 자신의 삶을 받아들일 거야"(p. 79). 존 브라운을 자신의 뮤즈로 삼아 곡을 써온 의뢰인에게 이미 작곡 능력은 고갈돼 있었고, 그렇다면 그의 다음 삶을 위해서 이전 삶이 다 가짜였다고 믿게 하는 편이 좋을 거라고 판단한 탐정은 그를 정신병원으로 보낸다.

그리고 마지막 의뢰, 어머니가 남긴 보석함에서 사라진 고양이 장식을 찾아달라는 소년의 부탁을 처리하는 방식은 더 놀랍다. 생전 마지막 어머니의 모습을 "베란다에 기대선 채로 아래를 내려다보고 있는 희미한 형체"(p. 118)였다고 소개한 소년의 기억과 달리, 사실 그의 어머니는 임신과 출산으로 찾아온 우울증에 시달리다 자살을 했다. 어머니와 함께 고양이 장식이 사라졌다고 하니, 소년이 고양이 장식을 찾는 것은 어머니를 보고 싶어서였을 것이다. 어려서부터 어머니가 읽어주었던 동화책 가운데 "저주로 호랑이가 되었기 때문에 가족들이 보고 싶어도 올 수가 없었다는 얘기"(p. 122)를 소년이 제일 좋아한다는 단서를 참조해, 고양이 장식 대신 고양이를 선물한 것은 소년의 눈높이에 맞춘한 해결이었다. 소년의 동화적 상상력을 빌리면, 유령처럼 형체가 없어진 어머니는 이제 고양이의 몸을 입고 아들 곁에 머물 것이므로.

요컨대 송지현의 탐정소설에 등장하는 탐정사무소는 사건의 진실이 무엇인지를 찾아 의뢰인에게 알려주는 데 주력하지 않는다. 탐정과 오소리는 의뢰인이 사건 이후를 어떻게 살아가면 좋을지 함께 고민하는 이들에 가깝다. 그들은 남편과 뮤즈와 어머니의 실종이라는 일생일대의 사건을 혼자서는 감당할 수 없어서 도움을 청해 온 의뢰인들에게 이야기를 하나씩 선사한다. 물론 의뢰인이 믿을 만하고 믿고 싶어 하는 이야기란 그의 삶 속에 잠재돼 있었고 탐정과 오소리는 그저 그 이야기를 발견해 들려주기만 하면 됐다. 사건 이후를 살아가는 사람들을 살리기 위해서는 진실보다는 이야기 편에 서는 것이 낫다는 이 소설들의 전언은 '에필로그'로 이루어진 이 소설집 전체의 기조와도 일맥상통하는 데가 있다.

인생의 본편, 그러니까 삶에서 마주치는 수많은 사건, 그 통제 불능의 우연한 행운과 불행들에 대해서 우리는 철저히 무력하다. 우리가 관여할 수 있는 것은 단지 인생의 에필로그들뿐일지 모른다. 본편이 끝난 뒤, 속수무책으로 대면한 사건을 어떻게 극복하고 기억할 것인지를 고려해 이후의 삶을 살게끔 해주는 하나의 이야기, 즉 에필로그를 제작하는 탐정과 오소리의 사무소가 작가 송지현의 작업실과 겹쳐 보이는 것은 이런 연유에서다. 그는 훗날 돌아보면 인생의 마디가 되어줄 이야기들을 생산하고 있다. 삶이 계속되는 한 그 작업에 끝이 있을 리는 없어서, 소설을 쓰는 일이란 오소리가 하는 게임처럼 "어디에도 당도하지 못한다"(p. 201)는 숙명을 벗어나기는 어렵겠지만, "재미가 있겠어요? 그냥 숨 쉬듯이 하는 거죠, 뭐"(p. 202)의 자세로 그가 꿋꿋이 이 탐정사무소를 계속 운영해주면 좋겠다.

5. 에필로그의 방식으로 말하자면

나는 이 작가에게 눈물을 빚진 적이 있다. 우리 테이블 외에는 손님이 없는 작은 식당에 늦은 점심을 먹기 위해 들렀는데, 몇 가지 음식을 앞에 두고 서로의 근황과 건강과 생계와 벌이에 대해 이미 알고 있거나 짐작할 수 있는 이야기들이 오갔다. 눈부시게 빛이 잘 드는 창가여서 우울하고 어려운 말들의 무게와 깊이가 처음부터 없었던 것처럼 순식간에 사라져버렸고, 그래서였는지 나도 최근 겪은 아픔을 최대한 경쾌하게 말할 수 있었다. 한바탕 수다가 지나가고 밥을 먹기 시작했을 때, 이 작가는 입속에 든 음식을 삼키지 못하고 울기 시작했다. 내가 너무 힘들었을 것 같다면서. 그녀를 시작으로 거기 모여 앉은 세 여자가 아름다운 햇빛을 배경으로 음식을 우물거리며 울던 장면을 나는 잊지 못한다. 아 진짜, 왜 울어, 울지 말고 먹어, 먹자, 서로를 다독이다 이번에는 웃음이 터져서 배를 부여잡던 장면도. 밝음과 밥과 눈물과 웃음, 그게 이 소설집에 다 있어서 반가웠다. 이 어디에도 없는 괴상한

조합이 송지현 소설의 특장이라고, 나는 내 멋대로 믿고 있다. 그때 그 식당이 탐정과 오소리의 이동식 탐정사무소였다는 것을 나는 지금 막 깨달았다. 그날 선물 받은 이야기에 대한 사례가 본의 아니게 너무 늦어졌다. 이 탐정사무소가 번창하길, 진심으로 바란다.

요즘 나는 동해에서 지낸다. 동해에 온 지는 1년이 조금 넘었다. 월화는 카페에서 일하고 목금토일엔 이마트 시식 코너에서 일하고 있다.

'작가의 말'을 쓰느라 내가 썼던 신춘문예 당선 소감을 찾아보았는데, 당시엔 아르바이트를 찾고 있었나 보다. 아르바이트 공고를 훑던 내가 7년 만에 아르바이트 몬스터가 되어 있는 것을 보니, '녀석, 성장했구나……!'라며 코를 쓱 훔치는 일본 만화 장면이 그려지……기는커녕, 성장이라는 게 이런 것일 리가 없다고 생각한다.

소설집을 준비하는 동안 내 소설을 여러 번 봐서 같은 단어를 여러 번 발음할 때처럼 낯설고 이상하게 느껴진다. 책이

될 수 있을까,라고 혼자 한 질문에,

  그래도 우린 결국 먹게 될 거야.
라는 대사가 생각났다. 이 대사는 참 문득문득 나를 찾아온
다. 결국이라는 단어가 주는 오만함이 웃기기도 하고.

  동해에 온 뒤 친구들이 많이도 놀러 왔다. 여름 바다에서는
맥주나 와인을 마시며 해수욕을 했고, 겨울 바다에서는 추위
에 덜덜 떨며 빨개진 얼굴을 하고 사진을 찍었다. 나는 친구
들에게 먹을 것을 해주느라 요리가 늘었다.

  친구들이 가고 난 밤이면 그들이 오가는 도로의 거리를 생
각한다. 그러고 나면 한없이 고마운 마음이 든다. 나를 보러
왕복 4백 킬로미터가 넘는 길을 와주다니. 고마운 마음이 들
면 체력이 넘치는 사람이 되고 싶어진다. 더 많은 요리를 하
고 더 많은 청소를 하고 더 많은 사랑을 하고 싶다.

  이 소설집은 친구들에게 많은 빚을 지며 씌어졌다. 이건 그
냥 비유적 문장이 아니라 실제의 이야기다. 친구 중 한 명이
내 학자금 대출을 갚아준 것이다. 덕분에 생활이 한결 나아졌
다. 엄마는 이 얘기를 듣더니 가난한 부모를 만났지만 좋은
친구를 만나서 다행이다,라고 했다. 가난의 반대말은 부자가
아닌가,라고 생각했지만, 뭐 어쨌거나.

그 외에도 친구들은 놀러 올 때마다 각종 술과 안주를 사왔고, 무슨 무슨 날이면 택배로 음식을 한 박스씩 보내왔다. 모두 내 몸에 쌓여 (이것 역시 비유가 아니다. 실제로 10킬로그램이 쪘다) 힘을 내어 뭐라도 쓸 수 있었다.

그리고 이 소설집의 탄생에도 친구들은 힘을 보태주었다. 이효영 군은 프로필 사진으로 쓸 사진(아무도 와인을 마시고 있는지 모른다)을 찍어주었고, 박상영 소설가는 「이를테면 에필로그의 방식으로」에 나오는 대사(이게 프로이트다!)를 주며 더불어 추천사까지 써주었으며, 신샛별 문학평론가는 눈물이 고일 정도로 촉촉한 해설을 보내주었다.

나는 기본적으로 인간을 싫어하는 타입인 줄 알았다. 그러나 누구보다 인간을 사랑하고 있다는 걸 이 책을 준비하며 깨달았다. 불행히도 대가를 바라는 사랑이어서 소설을 쓰게 되었다고. 그러므로 나의 글은 언제나 사람들에 대한 연서이다.

*

나는 또 등단 소감에 이렇게 썼다.

함께 새벽을 지켜준 고양이에게 감사한다고. 그 고양이는 지금 세상을 떠났다. 나는 과거로 점철된 인간이라 떠난 것들에게 더 마음이 쓰인다. 곁에 있는 친구들은 이런 내게 가끔 서운함을 토로하기도 한다. 그렇지만 떠난 고양이와 사람들과 사물들까지도 모두 곁에 있을 때보다 더 사랑했다고 말할 수밖에 없다.

이 책도 내게서 떨어져 나오는 순간 너무 사랑하게 될 것 같아 벌써부터 겁이 나 체력이 바닥나고 있다. 조금이라도 남은 체력을 유지하려면 덜 사랑해야 하고, 그러기에 곁의 사람들이 떠나지 않도록 잘하려고 한다.

특히 존재하는 것만으로도 위안이 되는 동생에게. 동생이 없었다면 나는 이 세상을 너무도 외롭게 살아갔을 것이다. 외로운 줄도 모르고. 동생이라면 모든 체력을 소진해서라도 언제든 떠날 것처럼 사랑하겠노라고 자신 있게 말할 수 있다.

ps.
원고를 쥐고 넘기지 않아서 책이 나오는 데 오래도 걸렸다. 담당 편집자가 되어 원고를 함께 준비해주신 박선우 편집자와 문학과지성사 직원분들에게 감사하다.

수록 작품 발표 지면

- 선인장이 자라는 일요일들 『현대문학』 2013년 5월호

- 이를테면 에필로그의 방식으로 『현대문학』 2014년 7월호

- 탐정과 오소리의 사건 일지
  — 봄, 여름 『이해 없이 당분간』 짧은소설집 수록작

- 좀비 아빠의 김치찌개 조리법 『문학들』 2013년 가을호

- 탐정과 오소리의 사건 일지
  — 밤을 무서워하지 않는 아이, 가을 『젤리와 만년필』 3호

- 흔한, 가정식 백반 『첨벙』 테마소설집 수록작

- 구석기 식단의 유행이 돌아올 때 『문학과사회』 2015년 겨울호

- 탐정과 오소리의 사건 일지
  — 의뢰가 없는 탐정, 겨울 〈웹진 비유〉 2018년 6월

- 펑크록 스타일 빨대 디자인에 관한 연구
  『동아일보』 2013년 신춘문예 당선작